グレイスレス

鈴木涼美

文藝春秋

グレイスレス

ああ、嫌だわ。

そう言った母の右手は白い壁にはっきりとついた痕を伝い、一度壁から離れて今度はその痕の端に二、三度強く押し付けられたものの、少なくとも細い指の腹で擦《こす》られた程度では痕が薄れたり変形したりする様子はないのだった。六歳になる少し前に突如、北側を山に南側を川に面した鬱蒼とした家に連れてこられた私は、母の登った脚立が赤い絨毯の上で不安定のような気がして必死に片側を押さえながら、アーチ型の玄関扉の真上の壁にできた十字型の枠痕と、枠の中で一際白く光る壁を見上げていた。日によっては汗ばむような五月の半ばのことだったが、日射と騒音から完全に遮断されるように設計された家の中はしんとして冷たかった。前日に初めて登ってみた、家から見えるほど近い塚の長い階段から見下ろしてみても、背の高い樹木の中に見え隠れする家は静かで暗く冷たく見えた。塚は何百年も昔に幽閉され殺された皇族を祀ったものらしかった。

運び込んだ荷物を最低限整理し、玄関ホールの書棚にあった聖書や仏文学の原書の類を地下室に運び込んだ後、朝食を食べながら今日こそあれを外そうと言った母は、父から貰い受けた翌年には築二十年になろうという家が概ね気に入っているようだったが、中央に吹き抜けのある玄関ホールの内側から見上げるとどうにも目につくそれだけが彼女の満足を阻んでいたらしく、朝食の食器を片付ける間も無く玄関ホール奥の納戸から脚立と工具を運び出してきた。上下二箇所から外した留め具を脚立の下にしがみつく私に手渡した母が左手で握っていた十字架には、近くで見ればところどころ白い埃が湿度を含んで固まっていて、ぐったり張り付けられた男の冠部分は特に汚れていた。十字架を握ったまま再度壁の痕を指で触り、母は気を取り直したように脚立を降りた。黒いワンピースの裾が足を絡め取りそうになるのを私は脚立を一層強く押さえながら見ていた。それまで真白く見えていた周囲の壁は、十字の枠の内側と比べるといくらか黄ばんで見えたが、母は満足したようだった。

　どういうわけか父の持ち物となっていた家を建てたのは父方の祖母の妹、つまり彼の叔母にあたる人で、心身ともに弱かった祖母に代わって、子どもを作らなかった彼女が幼かった父の面倒をみてくれたのだと聞いた。早くに夫を亡くして自分一人のためだけに建築家に広い家を設計させたその人も、六十を過ぎた頃には病床にあった。その人が病院に入ってから私と母が入居するまでの数年間は空き家として、父が時折簡単な掃除や空気の入れ替えのために訪れていたようだった。仏語に長けていたというその人に私は会ったこともなく、後に亡くなったという知らせだけ聞いた。

　離婚時に、それまで三人で暮らした都心部のマンションではなく、そこから車で一時間半ほどかかる場所に建つ家を貰うことを選んだのは母の方だ。その年の三月に当時の自宅付近を通る地下鉄で起きたテロ事件が関係しているのかはよくわからないが、おそらく外壁の煉瓦タイルが気に入ったというのが主たる理由なのだと思う。その外壁と屋根に使われる玄昌石のせいで、家は実際より古びて見えるのだが、古道具の類を集める母の好みとは合致していた。渡英を控えていた父は売却や取り壊しをしないという約束で家の譲渡を了承したらしい。それから母が出ていくまでのほぼ十三年間、風呂場の窓枠の木が朽ちたり、一階の応接間の雨戸の留め具が錆び付いたりすることに対処しながら、この家で二人で暮らした。幼い私を悩ませたのは、風呂場にどこからともなく入り込んだり、寝床の天井から落ちてきたりする百も足のある虫だったが、母は比較的勇敢にそれらを菜箸やトングで捕まえては外に逃していたし、私もそのうちそういった作業に慣れていった。二階ベランダに大きな蜂の巣ができたこともあったが、百足《むかで》に比べれば大したことではなく、蜂の飛ばない夜の間にビニール袋と殺虫剤で対処することができた。玄関ホールのガラス戸付きの本棚にあった奇妙な古い人形や、吹き抜けの二階へとつづく階段に架けられた無名の作家の油絵は、十字架のようには母の目に障らないようで、幼い頃は不気味に思っていた私もついに見慣れてしまって、今でも飾ったままにしてある。

毎朝起きるとすぐに一度台所の勝手口から表に出て、玄関ホールを囲むようにあるそれぞれの部屋の雨戸を開けて回る。これは母がいた頃から一貫して私に与えられた役回りで、彼女がごく稀にしか帰ってこなくなって十年近く経っても、一日も休まず続けている。出てきた扉から再び中に入ると、あまり奥まで入って来ない控え目な日の光が、人形や油絵と共に、かつての家主が信仰したのであろう壁の痕を照らし、私はちっとも色褪せないその痕を確認してから、洗顔など仕事に向かう準備に取り掛かる。

自分の膝のあたりを見てくれる、と言って、斜め下に伸びた睫毛《まつげ》を金属製の小型の櫛で何度もとき、生え際にこびりついた精液をできる限り残さないように掻き出す。乾いた精液と共に睫毛に塗った耐水性のマスカラが櫛に付着し、白と黒の細かい粒子が金属の隙間を埋めていく。左の睫毛を二回、右の睫毛を三回といた櫛を濡れたティッシュで拭うと乾いた白いそれはわずかに臭いを放ち、滲んだ黒い化粧品と一体となって濃淡のまばらな汚れになった。

机の上に置いた屑入れにティッシュを投げ入れ、今度は目線を天井に向けるよう促す。幕が開くように睫毛が上に開いてゆき、同じ速度で眼球が極限まで上に回転するのを待っていると、縁取りのあるコンタクトレンズが少しだけ眼球の上を滑り、それまで完璧に覆われていた黒目の端が赤茶色の縁から少しはみ出して、やがてその端は上瞼に隠れた。整形手術で切開されたのであろう目頭の皮膚にも、白く乾いたものが残っていた。

「目に入らなかった？　もし入ったならやっぱり洗ったほうがいいよ、精子大量に浴びて、次の日酷いものもらいになった子もいたから」

少し濡らした綿棒で下瞼と目頭にこびりついた精液を拭いながら、私はほとんど白目を剝くほど生真面目に天井を見つめる彼女に言った。十年前、大学を一年足らずで辞めてこの業界で化粧師の仕事を始めた頃は、ポルノは基本的に二日間に亘って撮影されていた。初日にきちんとアレルギーや肌質を確認してから化粧品を選ばないと、翌日の撮影時に肌を荒らしてしまうので、低刺激の化粧品を多く揃えていた。無料動画が増えるに従って一本のビデオにかける予算が年々切り詰められていく中、撮影を一日で終わらせることが増え、それゆえにポルノ女優の一日はとても長い。

顔にあちこち他人の体液がこびりついているにもかかわらず、最低限の化粧直しで良い、と主張した彼女も、できれば日付が変わらないうちに全ての撮影を終わらせて帰りたいのだろうと想像する。新人の女優であれば一旦顔を洗って一から化粧することになっていたはずだ。精液をかけられる撮影の前の化粧直しの時間に電話していたのを必然的に盗み聞きしてしまったが、どうやら同居する恋人と何か揉め事があるようだった。

「目は閉じてたから大丈夫。それくらいのバイ菌に反応しないよ、先月なんてバケツ一杯飲みながらかぶったんだから。擬似精子でかさ増ししてね、それが余計気持ち悪いの。ローションのぬめりと練乳の甘さが精子の匂いに勝つくらい大量に混ざってて。夜にお腹痛くなって若干吐いたけど、目は平気だった。コンタクトのおかげもあるかな」

「ああ、それ度が入ってるレンズではないのね」

「うん、とっくにレーシックで矯正してる。目が大きく見えるのと、精子よけ」

もういいよ、と言って綿棒を屑入れに投げ入れて、極限まで上向きになっていた彼女の瞳の前で、視線をもとに戻すよう手を上下に軽く振った。何度か遭遇したことのあるこの日焼け肌の女優は、二年目からベテランと呼ばれるようなポルノ業界で、すでに三年以上仕事を続けている。デビュー当時に一度化粧を担当したときには、白い肌にセミロングの髪を焦茶に染めた、ごく一般的なポルノ女優の装いをしていたが、所属事務所の禁を破って、おそらくもともとの彼女がそうであったように、金髪と黒く日焼けした肌に変えてからは、月に五本は出演を続けられるほどの人気を保っている。高い出演料を取れるわけではないのだろうが、一日に詰め込まれた撮影を効率よくこなし、撮影中に文句を言ったり泣いたりしない彼女のような女優は重宝される。

「ここ気になる？」

私は鏡越しに彼女の目を見ながら、化粧筆の後ろ側の先で右の目尻の睫毛が数本抜けている箇所を指しながら聞いた。マスカラがやや剝がれたせいで、神経質に観察すれば左目よりも睫毛の密度が低く見える。彼女は目を大袈裟に見開いて黒目をわずかに左右にずらしながら、化粧筆の指す目尻を左と見比べ、全然、と言った。

「睫毛の間隔が一箇所空いてるってこと?」

「そう、多分毛周期で抜けてるだけだろうけど、さっきさらに一本か二本抜けてたから、気になるなら小さいつけ睫毛切って使ってもいいよ」

「全然気にならないよ、私的には。動いてる映像じゃあ全然わからないでしょ?」

「そうだね、そもそも顔は左右対称じゃないのが普通なんだけど」

「そうだよ、睫毛くらい抜けるよ、CGじゃないからね」

CGと彼女が言うので、私は小さく鼻から息を出して笑った。彼女と最後に顔を合わせたのは半年前、大手メーカーの忘年会に少しだけ顔を出した時だった。居酒屋に毛が生えたようなパーティー会場の最も目立つ場所にコの字に並んだソファ席で、いっそ全てのポルノをCGアニメにしたらどうかなんて言ったのは制作会社の社長だ。女優たちは笑えない冗談に付き合いで笑っていたが、日焼け肌の彼女は笑っていなかった。

「あの社長腹立つ。前にも、今のドールの肌は女優より綺麗だとか言ってたんだよね。そのうちドールに仕事取られるのかな」

今度は綿棒に乳液をつけて彼女の小鼻横と唇の下の白粉を部分的に落とす。顔の産毛を脱毛しているせいか、汗をかくと凹凸のある部分に白粉が溜まってしまう。大したことではない。私が何度でも直せば良い。

「CGにせよ、ロボットにせよ、そうなったら化粧はいらないから、私も廃業だね」

ティッシュで肌を押さえながらそう言うと、女優は救済と排除に忙しない世相について一つ、二つ文句を言った。二年前にこの業界ではそれなりに名の知れた男が二人逮捕されてから悪しき業界への批判が止む気配はない。当初は報道を大袈裟だと一蹴していた人々の間にも、しばらくすると自分だけが生き残ろうとする醜い空気が漂い始めた。救うべきものと見做されつつある女優たちの中には、醜業婦と呼びながら手を差し伸べるような無邪気な善意に敏感な者もいる。

化粧台に向かって真後ろの扉が開き、助監督の女性が顔を出した。化粧直しを急《せ》かされるのかと思ったが、夕食の出前の確認だった。扉横のよく軋《きし》むベッドに座り、メニューを二枚見比べて、カレーか沖縄系の弁当かと提案してくる。どっちでも、と言いながら女優はメニューを受け取り、カレーなら普通のチキン、沖縄ならタコライス、と一番上に写真付きで書かれた料理をほとんど自動的に答えた。助監督は黄色いシーツと布団カバーがかけられたベッドをわざとぎいぎい鳴らして、私にも希望のメニューを聞いた。消毒してすでに白粉用のスポンジを持っていた手を汚したくなくて、メニューを受け取らずに同じでいいよ、と答え、ちなみにあと十五分弱でいけます、とも言った。

「予定より巻いて終われそうだよね」

扉の向こうで助監督が女優があと十五分で撮影に入れる旨を叫ぶ大声が聞こえ、女優は化粧直しの邪魔にならない角度で電子煙草に手を伸ばしながらそう言った。前を結ばずに羽織った薄手のバスローブがはだけて、陰毛が見え隠れしている。

「これくらい広いスタジオだとメイク室の移動もないし、こっちはありがたいよ」

顔の油分を白粉で軽く抑えたあと、精液を拭いたせいでまばらに落ちた目の周りの色味を少し足しながら私は答えた。出演女優が一人で、撮影現場が広ければ化粧師の負担は少ない。いつでも化粧直しに入れるように撮影中もずっとカメラの後ろに控えていられるし、女優にとって唯一の休憩所となるメイク室を幾度も整えなくて良い。

「昨日の夜、彼氏がごねて、しかも今日水曜でしょう？　向こうが休みだから多分家でずっと悶々としてるんだよね。パチンコでも行って気分転換してほしいよ」

私の化粧筆が動くのに合わせて器用に目を上下させながら、もう別れようかな、と彼女は言った。珍しく携帯を手に持っていないのは、おそらく二時間ほど前に電話を切ってから、電源を落としてベッドの奥のトートバッグの中にしまっているからだ。電子煙草の燻《いぶ》したような匂いを不快に思いながら、付き合ってどれくらいなのか聞くと、まだ三ヶ月も経っていないという。

「今は不動産屋の営業してるけど、うちが結構前に働いてたキャバクラの店員の連れで、彼氏も私が辞めたあと、一瞬その店でボーイやってたんだよ。大学卒業間近の時に。それなのに付き合ってうちに転がり込んできた途端に、親に紹介できないのが辛いって言い出す」

口紅を塗る前に私がドライヤーの電源を入れたので、彼女は声の音量を数倍上げて続けた。

「うちあんまり良い子じゃないから、めんどくせって思っちゃうんだよね。そもそも彼氏の親に会いたいとか思わないけど、別にうちの仕事なんて言わなきゃわかんないのにね」

耳たぶの後ろの髪にも少量の精液がついていることに気づく。髪をまとめていたピンを外し、ついでに濡れティッシュで精液を擦りながら、根元がやや黒くなった髪全体にドライヤーの風を当てる。頭頂部からブラシを入れると、生え際の黒と、白色近くまで脱色した毛先の金髪の間にも、幾重にも染め直した色が見えた。一瞬だけ再び扉が開き、先ほどの助監督が、こっちいつでも大丈夫です、と早口に言って扉を閉めた。化粧直しをしている机の横には白いペンキが塗られた悪趣味なテーブル・セットがあり、その上にちりばめるように置かれたお菓子やサンドイッチの類に、女優は朝から一切手をつけていない。

「一応大学出てるんだよ、私も。ちゃんと卒業したの。一流とは言わないけど彼氏の通ってたところよりはマシなとこ。でも、それ言ったら就職しろって言い出しそうだから言わない」

彼女の口から出た大学名はやや意外に思えた。偏差値の高い学校を出た女優は幾人も見てきたが、ミッション系の有名女子大と、一昔前の不良娘を彷彿とさせるような彼女の装いはどこか不似合いな気がする。実年齢は二十四歳のはずだから、卒業を待たずにこの世界に入ってきたのだろうか。

私も入学時には大学というものにそれなりの期待を持っていたが、最初の数ヶ月で手渡されたのは、あまりに膨大であまりにくだらない授業と、頭の悪い人向けに簡略化して書かれた入門書の類で、秋学期は一度も授業には出ずに、唯一名残惜しかった素晴らしい蔵書の図書館にいくらか通って、化粧師の仕事が忙しくなるにつれそれもやめてしまった。ちょうどその頃、世界は米住宅市場の悪化を発端とする金融危機によって混乱を来していたため、家庭の経済状況によって退学する学生のように思われたのかもしれない。早期に会社を部下に譲ってさっさと海外移住していた父も、特定の宗教の広報関係以外はポルノでも料理本でも何でも素早く正確に訳すことをモットーとしていた母も、金融危機とはあまり関係のないところにいた。確か年度末までの学費は払っていたから、ちょうど一年で退学したことになるのだろうか。大学に入って初めて、それまでの母の教育が良質なものであったとわかった。

ドライヤーの電源を切ると、彼女は勢いよく立ち上がって、使っていない長椅子の上に私が先に揃えておいた次の衣装を、これでいいんだよね、と言いながら纏い出した。バスローブを投げ、ブラジャーをつけずにグレーのキャミソールを着て、ほとんど何も隠れない透ける素材のタンガ・ショーツをつけ、よく伸びる素材の蛍光色のタイトなミニスカートを穿いた彼女は、スリッパのまま扉を開けて次の撮影場所となる一階のダイニング・セットのあるキッチン横の部屋まで降りていく。腰に巻いたポケットの多いポーチの中身を一応確認し、ピンヒールの厚底靴を手に持って追いかけると、無名の男優が二名すでに下着姿でカメラの前に立っており、私は急いで厚底靴に女優の足をつっこんで、カメラの後ろに陣取った。あえて下着が見えるように股を開いてしゃがんだ彼女を挟むような形で男優たちが立ち、彼女の顔は両脇から伸びる二本の性器によって、時折上下に切断されたように見えた。

朝、二階で目覚めると庭から笑い声とも歌声とも取れる高い声が聞こえ、目を閉じたまましばらくじっとして、それが祖母の発声だとわかった。オペラ歌手を名乗っていたものの、実際の収入のほぼ全ては子供たちの親から支払われる歌のレッスン料だった母方の祖母は、母と入れ替わりでこの家に住むようになり、それ以来庭の一画でレモンや山椒を育てている。川に沿って北向きに伸びる庭は、ただ広いだけで家と同じように日当たりが悪く、それまでは一面固い土に緑の苔が敷き詰められるように生えているだけだった。祖母は母が残していったイタリア車でホームセンターに通い、建物から離れた辛うじて日が差す区画を花壇のようにして出来の良い野菜やハーブを自慢してくる。私は特に協力的ではなかったが、徒歩圏内に食料品店などないこの家で自家栽培は理にかなっている。実際、祖母の作るレモンジャムなどは美味しかった。

身体を縦横に伸ばしたり捻ったりしながら布団から出て、時間を確認するとちょうど朝八時を回ったところだった。仕事を入れていない日は大体同じ時刻に目が覚める。部屋を出て、階段の踊り場にある細長い二つの窓から差し込む頼りない光で照らされた玄関を吹き抜けから見下ろすと、半分ほどまでいい加減に開け放したそこからも控えめな光が差し込んでいた。一階と同じように、やや狭い二階も吹き抜けを囲むようにして、母がギャラリーとよんだ書棚の並びがあり、それのさらに周囲に小部屋が配置されている。父の叔母が、海外の仕事も多い建築家に新居の相談をした際、最初に語った小説のイメージがそのまま生かされているのだと聞いた。小説の主人公は円形の島の夢を見る。島には五辺形の建物が建っていて、中央に白い大理石の丸い部屋があり、その周囲を五つの小部屋が取り巻いている。当初は単純に相談に乗っていた建築家はどうやら、参照された小説の中に描かれる構図を新しい家の設計に落とし込んでみたいという思いに駆られたようだった。

高校時代、母に手渡されて読んだその小説では、その建物は淫売屋であった。夢の中で主人公を島に連れてきた女船頭たちは、波止場や海辺で客を探す役目を持っていた。中央の円形の部屋にいると、周囲の五つのドアの下から快楽に疲れ切った男女のため息や喘ぎ声が聞こえてくる。赤は絨毯ではなく、壁掛けと鏡に使われていた。それぞれの部屋の薔薇色の寝室に、全く新しいタイプの娼婦がいた。人々が女が死ぬのを観察するような慣習の土地についても記述されており、そこでは人妻も十五歳以上の娘も、男たちの視線に晒されながら、建物の中の円形の空間の中で死ぬのだった。その時、広場は男だけのものになる。母が幻想的で美しいと言ったその作家は、フランスではポルノグラフィの収集家としても知られたらしい。私は幻想的とは思わなかったが、映画化された作品には好きなものがある。黒を纏った娼婦が美しかった。

雨戸を開けがてら勝手口から北側に回って庭に出ると、祖母はいくつかの異なる柄の布を凝った方法でパッチワークしたようなスカートを穿いて、ホースの端を持って発声練習のような単純なメロディを歌いながら踊っていた。だらしなく髪が乱れた私の姿を見つけると、歌声のままメロディに乗せておはようご機嫌いかがと聞いてくる。初めて会えばやや気が触れたように見えるのかもしれないが、私の知る限り、祖母はずっとこのような人だった。私が生まれる前に他界した父方の祖母も、父の実質的な教育者であるこの家を作った婦人も、父の言葉の中でしかその存在を知らない私にとって、おばあちゃんという語に想起されるのはソプラノの歌声と、現実離れした衣装のこの女だけだ。

苔が生え茂る庭にはちょうど大人の歩幅の平らな石が規則的に並んで道を作っている。玄関の横から続くその石は幼い私にとってはケンケンと片足ずつ乗せて飛び跳ねる遊びに適していたが、一本道は川へ続く崖の手前で終わっていて、一体どこへ繋ぐために作られたのか、今となっては不思議だ。平らな石を器用に避ける足取りで苔の上を軽やかに踊り、朝ご飯に使えないかしら、と言った祖母の手にはバジルの葉が数枚握られていて、匂いの強い香草は朝食に不向きのような気がしたが、トマトも少し摘んでいいかと聞いて、チーズと共にトーストにのせて焼くことにした。祖母も料理を作るが、休みの日の朝食は大抵は私が用意する。初夏の庭は蚊が多い代わりに苔は青々しく、家の敷地を囲む塀がわりに生い茂った背の低い木々は青に近い碧《みどり》に光って、一年中燻んだ赤茶色をしている建物との対比が鮮明になる。特に祖母の野菜やハーブが植わっている一画は、水滴に朝の日差しが反射し、とてつもない生命力に溢れて見えるのが可笑しかった。それにしても、家の中に現れると今でも私を驚かせる百足にせよ髪切虫や蜂にせよ、外で見かける分には全く気にかからない理由が私にはよくわからない。

すでに植物への水やりを終えている様子ではあるものの、草花や鳥に機嫌よく話しかけている祖母を庭に残し、私はバジルとトマトを受け取って、全ての雨戸が開いたことを確認しながら勝手口の方へ再び回った。台所に入り、ダイニング・テーブルを通過して玄関ホールに来てみると、玄関扉に向かって左側の応接間の雨戸が開いたせいか、先ほどより幾分明るい室内で、白い壁の黄ばみや書棚についた傷は鮮明に見えるようになり、扉の上を見上げると、幼い時に母が外した十字架の痕が、今もはっきりと残っている。それでも、外した直後には周辺の壁に比べて真新しい白に見えた枠痕の内側は、おそらくその時よりもだいぶ燻《くす》んでいるのだと思う。ここに越してきた直後、祖母は壁の痕を見上げて、そういえばカトリックだったのよねぇあなたのお父さんの家は、よく離婚してくれたねぇ、と言ったが、父の叔母がカトリックに入信したのは夫を亡くし、この家を建てた後のはずなので、別に父はカトリックの家の子供として育っていない。

それよりも私はその時、喧嘩が嫌いで父を好きだった祖母が、離婚時にはさぞ心を痛めたのではないかと聞いてみたのだった。それは寂しいと思ったわよう、と言った祖母の答えはしかし明確だった。私はねえ、あなたのママが、相談より報告にくる娘になるように育てたの。祖母のそういった態度は一貫していて、何かを買うときも服を選ぶときも私の意見を求めているようには見えなかったし、私が大学を辞めたのも仕事を始めたのも、相談ではなく報告として聞いているようだった。反対はしないまでも、不躾に意見を投げつけてくる母より、決断について何かと祝福してくる祖母の方に、私は不気味さのようなものを感じていたし、今もどこかしらそういった奇妙な印象を持っている。

ちょうどコーヒーのドリップが終わった頃に祖母は玄関から入ってきて、お腹が減ったと言いながら台所と一つづきの部屋にあるダイニング・テーブルにかけた。バジルとトマトの上から塩胡椒とチーズをまぶして焼いたトーストと、蜂蜜だけかけたヨーグルトとコーヒーを二人分、お盆にのせて運ぶと、ヨーグルトに果物が入っていない、と落ち込んだ表情をして見せる。冷蔵庫に目ぼしい果物はなかったので、後で駅前まで買い物に行ってくると答えれば、ついでに図書館に本を返してきてくれる、と果物のことなどなかったことのように嬉しそうに言った。

昨日、ママから電話があったのよ、夜にね、今はスコットランドにいるみたいで、冬は寒いから来年の夏にまた来るつもりだから、あなたもおばあちゃんも来たらって。奇妙な牛がいるし、イングランドよりスコットランドの方が素敵ねって言えばみんなすっごく優しくしてくれるって。来月のエディンバラのお祭りまでいるんだって。

祖母はなぜか熱いトーストよりもヨーグルトを先に一気に食べながら、こちらの相槌を待たない速度で話す。十八を迎えていた私の大学の入学金と前期授業料を振り込んですぐ、母は英国に渡った。離婚した直後、仕事で英国にしばらく滞在していた父は一度帰国してすぐに何か大仕事を成功させてちょうど五十歳になったのを機にそれまでの仕事を引退し、英国に移住していた。数年間、数人の恋人と目眩《めくるめ》く恋愛を楽しんだ後、気づけば母の恋人は父になっていたようで、三年間の間に八回も英国を訪れていたから、いずれ本格的に住いを移すのだろうと思っていたし、私の高校卒業がその契機になることも意外ではなかった。ワタシってサ、パパが嫌になったんじゃなくて結婚が嫌になっただけだったみたい、と言って、再婚はしないことを選んだ。キリスト教的な善悪を鼻で笑い、そのような信仰のないことを美学としていた母は、だからといって日本の慣習的な基準を愛する様子はそれ以上に皆無で、親戚の通夜の日に渡される塩は翌朝の茹で卵にかけていた。

私に頻《しき》りに英国の大学に行けばいいのに、と言っていた母は、私が大学を辞めたことを知ると、ほらネ、日本の大学にあなたが面白いと思うことなんて何もないって言ったじゃない、と得意そうに言った。私が日本に残った主たる理由は、当時化粧バンドで歌っていた男と肉体的にも精神的にも結びついていると思い込んでいたからで、いくつかの短期講座と独学で得た化粧の知識は、彼の顔に化粧するために十七の終わり頃から得たものだった。結局バンドが解散して化粧をしなくなった彼とは会わなくなり、短期講座で知り合った講師に誘われて初めてポルノ撮影に同行して以来、今の仕事を続けている。

耽美的であるとか幻想的であることを主題とした化粧バンドと違い、元ある顔の欠点を隠し長所を目立たせ、中央値と呼べる範囲に近づけるという、化粧のあまりに標準的な目的を求める今の仕事は、作業それ自体はそう面白いものとは思えなかった。ただ、初めて訪れた撮影に集まっていた、四人の、私とほとんど年齢の変わらないような女たちの顔に触っているうちに、彼女たちの愚かしく美しい顔を、より美しく整えて、より愚かに壊してみたいという執着が私の手先に育まれていった。明るく、何も問題がないように見える彼女たちは、生臭い匂いが消えないタオルで長い髪を乾かして、陰毛が見えた状態で煙草を咥《くわ》え、異様な角度に反りたった男性器を突っ込まれて、鼻水と唾液で顔を濡らしたまま喘いでいた。私の心中には、彼女たちにもっと触れたいという欲望と、彼女たちを立ち直ることが困難なほど否定してみたいという欲望が込み上げて、消えることなく今もそこにある。

私の仕事についての母の反応は、いかにも脇役っぽい仕事ね、というものだった。それからしばし考え、昔の知り合いが自主映画の制作中に若い女のクリトリスをハサミで切ったという話をしてきた。それは遠回しにやめた方がいいということなのかと聞くと、いいえ違います、と否定された。私は自分の知見から、ポルノ女優になんかならない理由を百も言えるけど、なるべきではないなんて規範を語るつもりはないわ。それに、社会の際を見てみたいなんていう好奇心は、若い人にはあまりに当たり前で、大事なことだしね。あなたが何を基準に毎日道を曲がったりドアを開けたりするかは私でも先生でも牧師や坊さんでもなくあなたが決めて。母は電話口でそう言い、でもあなたのクリトリスが抉《えぐ》り取られたら、私やパパが犯罪者になるってことは覚えておいてね、と付け加えた。早口なので口を挟みそびれたが、化粧師の私は粘膜が弱くてひどい乾燥肌なのであって、女優になる気はなかった。

ヨーグルトを平らげて通常の二倍は入る大きなカップでコーヒーを一口飲み、トーストに齧りついた祖母の話題は、一旦は上野で秋に開かれるバロック美術の展覧会に移り、一緒に行こうと私は半ば強制的に約束をさせられ、バジルは美味しいけど苗一つでどんどん増えるから活用方法を何か考えなくては、と独り言に近いことをいくつか言った。祖母の作った小ぶりのトマトは切って焼いたくらいでは形が全く崩れないほど硬く、少し青臭いが、私も祖母もこのトマトが好きだ。トーストから滑り落ちて白い皿の上にのったトマトの破片を二つ口に入れ、私もコーヒーを啜る。私のカップは早くに結婚した小学校の同窓生の披露宴でもらって、母がペアの片方をすぐに割ってしまった標準的なサイズのものだ。

あなたとも話したがってたわよ、ママ。祖母は皿の上のパン屑に指を押し当てて拾い、それを軽く舌先で舐めながら言う。メールするって言ってた。もう届いてるかもね。結構遅くまで起きてたんだけどね、昨日も帰りは遅かったでしょう、夜の運転は気をつけてね。

食器を片していると、台所の窓の向こうでトラ柄の猫がこちらを見ていたので、祖母に教えると、最近よく脱走してくる、二軒隣の家族の飼い猫らしく、祖母は煮干しとチーズを素早く摑んで猫をあやしに勝手口を出ていった。母が飼っていた猫は、彼女の渡英後は祖母のお気に入りとなって玄関ホールから二階ギャラリーまで続く赤の絨毯で爪を研いだり、時に嘔吐したりしていたが、すでに年老いており、六年前、母が英国の中心部で開かれた運動選手のための祭典を嫌って一時帰国していた最中に死んだ。祖母は根性で作った野菜畑のすぐ横に亡骸を埋め、母はその上に水仙の苗を植えた。その猫もトラ柄だった。母は知人の家で子猫が生まれたはずだと言って新しい猫を迎えることを勧めたが、祖母は操を立ててると言ってその後は猫を飼っていない。私が食器を洗う窓の外でしばらくトラ猫をあやしていた祖母はそれを抱き抱えて、おそらく二軒隣の家に向かった。祖母は、昨年息子が私が辞めたのと同じ大学に入ったその家の、デザイン会社を経営する夫婦とは一緒に登山にいくほど親しい。おしゃべりに火がつけばそのまま昼食でも食べてくるだろうと思い、私はさっさと着替えて出かけることにした。

三十分ちかい道のりを歩いて駅前に出ると、すでに平日に出勤する人々の忙しない時間が終わり、バスの運転手が三人ほど固まって平和なのびをしている。買い物なら車で出ることもあるが、少し寝不足なので歩くことにしたのだ。神社の境内を通って大通りに出たところで、私の使うコーヒー・カップの引出物をくれた同窓生の父親に会った。神社の脇で小さなクリニックを開く医者で、小学校の校医でもあった。薬をなかなか出してくれない彼のクリニックに、私は成人してからは行かなくなったが、母も祖母もこの医者を良い医者だと言っている。オートバイから降りてヘルメットを外した彼は、自分の娘の名前を出して、彼女が三人目の子供を妊娠したことを教えてくれた。おばあちゃんに血圧の薬をちゃんと取りに来るように伝えて、とも言われた。音楽大在学中に彼の娘は結婚し、一人目の子供を産んだ後に卒業して地元の音楽教室でエレクトーンを教えているはずだ。車で仕事現場と家を往復する毎日に慣れてしまってから、バス停や駅で彼女の顔を見つけることはなくなった。

昨夜は効率良く動く女優と、余計な無駄話を始めない女性の助監督のおかげで予定よりだいぶ早く終わったが、それでも東京の北側に集中するスタジオから、まだ車通りの多い都心を抜けて帰ると日付が変わっていた。化粧直しの部屋で小さいスーツケース二つに化粧道具や女優に貸すバスローブなどを詰め込んで帰り支度をしていたら、ベッドの端に寄りかかるようにして床に座った女優が恋人と思わしき人と再び電話をしていた。沈痛な声を出し、鼻を啜りながら何度もごめんねと言っていたが、あまりじろじろと見ないようにして横目で確認する限り、瞳は全く濡れていなかった。赤くなっている様子もなく、精液で悪い反応が出ている様子もない。彼女はごめんねと言ったが、許されたいわけではないのはなんとなくわかった。許されたいわけでも、救われたいわけでも、肯定されたいわけでもおそらくない。単に、自分の行為と状況を、否定する言葉が見つからないのだ。

農協連の即売所で果物を物色する前に、駅裏側の図書館に向かい、祖母が借りていたらしい生物学の本を返そうと立ち寄ったカウンターで、母と仲の良かった司書の女性と久しぶりに挨拶した。以前は用事がなくても頻繁に寄って、涼しい館内で本を読んだり手紙を書いたりしたけれど、最近は足が遠のいていた。平日午前中の図書館は年寄りが多く、カウンターからすぐ近くの子どもの本が並ぶ書棚の前にだけ、学校に上がる前の小さな子どもを連れた母親が二組いる。

私は二階に上がり、哲学、宗教、歴史、建築などと書かれた書棚と書棚の間をジグザグに歩いてまわり、それを二度繰り返した後、背の高い書棚の一番下の段にある大判の本を一度しゃがんで引き抜き、書棚の奥にある細長い机の上に置いた。そのすぐ前の椅子に座り、なんとなく真ん中あたりのページを開く。机には他に、下の階にある新聞をわざわざ持って上がって熱心に読んでいる白髪の痩せた男と、何かに苛ついたように頭を掻いてノートに文字を書き付けている不潔感のある学生が両端に座っている。私は自分の棲む家を建てた建築家の作品がいくつも写真付きで紹介されるこの本を、高校に入った頃に幾度か引っ張り出し、難解な言葉で綴られた思想を読むでもなく、細かな設計図に見惚れるでもなく、なんとなく眺めていた。十年以上ぶりに眺める本は思ったより文字が多い。本の後半には建築や都市におけるデザインの具体的な記述は少なくなり、仏教哲学に発想を得て、建築家自身が組み立てたらしい思想が断片的に綴られているようだった。

　同じ二階のどこかで、音を切り忘れた誰かの携帯電話が鳴ったので、ふと思い出して鞄から自分の携帯を取り出し、画面をいくつか触ると、開封だけして読んでいなかった母からのメールが見つかった。きっとまたおかしな話題で始まる長文なのだろう。日本は梅雨が明けた頃でしょうか、とか、季節の変わり目に風邪など引いていませんか、とかいう書き出しを、私は母の文章の中に見たことがない。同じような意味で、襟のない黒やベージュの上着とか、下に着るニットと同色のカーディガンとか、そのようなものを身につけることもない人だった。出かける時はサイズが大きく丈の長いジャケットにパンツを合わせ、家にいるときはどこにも切り返しや折り目のないワンピースを着ていて、いずれの場合も化粧をせずにやたら大きいメガネをかけていた。睫毛はメガネのガラスに引っかかるほど長く、唇が大きかった。誰かの歩く音、職員が本を床に落とす音、比較的近くにある化粧室の扉が開いた瞬間に漏れ出た、中で流れる水の音を聞きながらメールを改めて開封する。

《ワーカホリック気味の愛する娘へ　一面のヒースで覆われたムーアは映画などで見たことがありますか。確か嵐が丘にもヒースは印象的に描かれていましたね。初夏のハイランドを車で走り続けていると何度も見かけるヒースの丘は、遠くからみれば確かに幻想的な色が一面に広がる風景なのだけど、車を降りて間近に見てみると一つ一つの草はものすごく逞しくてあまり色気がない。大切にされて期待に応えようとする上野の桜と違って、誰にも世話なんてしてもらえない荒野で、人に見てもらえるかどうかなんてわからない広い広い空に向けて咲くのだから、誇りの持ち方が違う。住民投票の前に自治政府が熱弁していた時も、Brexitが可決した時も、夏が来るたびに全ての丘で必死に花が色をつけていたなんてかっこいいでしょう。スコットランドは初めてではないけど、あなたを連れてきたことがないことに気づいて大後悔。ぜひ来年一緒に行きましょう。仕事をしているあなたのことは誇らしく思います。ただ、昔から言い続けているように、旅をする人でいてください。年に一回か、せいぜい二回しか海外に行けないようなあなたの仕事と生活が、良いものだと思えません。人はそう賢い生き物だとは私は思わない。同じ場所にいると、まるで自分の暮らしている狭い狭い世界が、唯一絶対の可能性に思えてしまうものです。男のくせに順応性の高いあなたのパパは、私がこっちに引っ越すまでの間にすっかりヨーロッパ的な考えが染み付いて、日本的考えが染み付くよりはマシかとも思ったけど、タチの悪さは同じようなものね。イエスかノーでものを見たがる。そのせいで最初のうちは喧嘩ばかり。私がかなりまともに再教育した気がしますけど。本を読むことは確かにその思い込みを解消する手助けになるでしょう。それについてはあなたは優等生でした。それでも図書館の椅子に座ってする冒険と、食中毒や高山病になったり財布を掏《す》られたりしながら彷徨う異世界では、あなたの思想に及ぼす影響が違います。一つの規範に縛られないでほしい。何かが正しく何かが愚かに見えても、そんなものは無限に広がる世界の中で、偶然転がり込んだ感覚でしかありません。特に日本の人が気にする世間とか社会とか、それ自体がとても狭いのよ。あ、また長くなっちゃった。あんまり長くお説教するとあなたはきっと最後まで読まないでしょうからこの辺で。おばあちゃんにも言ったけど、冬に一度戻ります。闘病中の友人に会っておかなくては。買ってきてほしいものがあればメールでも電話でも。あの酸っぱい粉砂糖のついた魚の形のグミは今もスーパーで見かけますよ。　母より》

茶色く艶のある皮膚が上下する。下半身だけ私服のジーンズを穿いて、上半身をあらわにした男は、支給された弁当に手をつける前に自分で持ってきたのであろう密閉容器から中央に黄身のない、目玉焼きと呼んで良いのか悪いのかわからない卵の白身を焼いたものを口に運んでいる。フォークをつかんだ手が口元に運ばれるたびに、使ったばかりの胸の筋肉が大げさに伸縮し、時に膨らむ。フォークの先に引っ掛ける、形のはっきりしない卵の白身が黒い顔の中に次々吸い込まれていく。向かいには、全く同じ肌の色の男がもう一人、こちらは弁当を左手に持ってすでに半分を食べ切っている。暗闇に溶けそうな色の皮膚は、大きな窓から全力で注ぎ込んでくる八月の日差しの下では一際くっきりとその形が浮かび上がり、背景のピントがぼけるほどだ。

「それで、あれ、今日は女優さん現地集合なのって聞いたら、いやもう乗ってるよって言うわけ。一番後ろの席の方指さされてさ。で、真ん中の席座って後ろ覗き込んだらさ。いや、いたよ、いたのよ俺のセックスの相手。カゴに入った鶏が二羽。鶏よ、ニワトリ。で、草原みたいなとこ連れてかれて、放したニワトリ必死に追いかけて、捕まえてヤルんだけど、捕まえるのがまず難しいわけ。二羽一気に放すもんだから、二兎追うものは、じゃなくて二鶏追うものは一羽も得ず。レイプものって聞いてたけど、鶏追いかけて強姦するとはね」

卵の白身を咀嚼する黒い肌の男優は笑いをとりながら若手時代の苦労話をしている。彼よりやや若いもう一人の男優は、話が展開するたびに最も大きい声で笑い、時折うまく相槌を打つ。

「ヤルって、ヤレるんですか？　犬に舐めさせるみたいなのは見たことあるけど」

桃色のバスローブを着た白い肌に黒髪の女優が弁当の米以外の部分を控えめに突きながら、興味深そうな顔をして笑い混じりに聞く。もう一人、やはり白い肌に黒髪で、水色のバスローブを着た唇の小さな女優は、血色の悪い真顔でその疑問に同調している。比較的都心部のビルの中にある明るいスタジオには、中央の大きな部屋に縦長の白いダイニング・テーブルがあり、化粧直しの場所に弁当を運ぼうとしたら、どうせだからこっちで食べる、と一人の白肌女優が提案し、声の小さい白肌の女優もそうすると言った。

「お尻の穴を使うんですよ」

男優よりさらに業界に長い初老の監督が無表情で言い、獣姦ものの中でも悪趣味な部類だね、とも付け加えた。初老の監督は私が仕事を始めた頃ならよくいる類に数えられたような、ビンテージのアロハシャツに色のついた眼鏡という情緒のある出立《いでたち》をしている。最近では年配の監督自体少なく、ウォール街の映画に出てきておかしくないようなカラッと清潔な若い人が増えた。正午から一時間ほど経過した日差しは容赦なくテーブルとそれを囲む人々の細部まで照らし、クーラーの効いた室内の温度とその強い日差しの落差は、不思議と中と外という考えを曖昧なものにしている。卵の白身を黒い身体の中に吸い込んでいた男優は空になった容器の蓋を閉じて、プラスチックの蓋が日光の反射で煌《きら》めく、鶏肉専門店の弁当の方に手を伸ばした。

「もう十五年前だけどね。今ヤレって言われてもできるかなあ、俺」

「カオスな時代ですね、俺は最初の頃、キャットファイトものの現場ですら、こんなの誰がヌクんだろうかと思っちゃって。しかも女の子の一人が差し歯取れちゃって」

初老の監督の隣で黙々と食べていた男の助監督が、一気にかっこんだ弁当の空箱を、大きいビニールの袋に突っ込みながら急に喋り出した。十代と見紛う彼は確か大卒で、二年ほど前から現場で見かける。彼の父親は照明技師で、やはりポルノの現場でよく見かける人だ。彼の態度が、控えめでありながら恐縮していないのはそのせいもあるのだろう。短髪を赤みの無いベージュに染めてキャップを被り、細身の身体をカジュアルで清潔な衣類に突っ込んだ彼は、このような現場の若手男性にしては女優たちの評判がとても良い。

「めちゃくちゃよ。ドキュメントっつってほんとにガチンコで女が泣くまで罵倒するみたいなのが一番後味悪かったわ。あの頃は男優も現場でナンパするようなダメな奴がちらほらいたよなあ。でもさぁ、バリ島とか行けたのもあの時代だもんな」

卵の白身を消化中の胃袋に鶏肉を次々放り込んでいる男優が、同意を求めるような口調で私の方を見てきた。私は作ったままだった笑顔で懐かしいですね、と曖昧に答えた。業界に入って二年目になるかならないかの頃、この男優も含むチームでバリ島に行ったことは覚えている。予算が萎《しぼ》みだす直前に仕事を始めた私にとっては数少ない海外出張だった。黒い顔の唇の中に、鶏がするすると入っていき、合間にはその唇が、海外出張やクラブの貸切パーティーなど、お金のかかった行事の思い出を言葉にして吐き出す。海外ロケに男優が同行するのを見たのはあの時が最後のような気がする。一日何現場も掛け持ちして仕事する男優は数日間ひとつかふたつのビデオの撮影のために拘束されることをあまり好まないのだ。男優のいない現場では監督や助監督がその役を担う。

私がバリ島にいたのはちょうど一週間だった。到着した翌日から最初のチームの撮影、三日目だけ両方のチームが合流し、次の日から二日間は次のチームの撮影が予定されていた。女優はそれぞれのチームに一人ずつ、それぞれ二本ずつビデオを作っていたようだった。私は先行チームの化粧師として同行したのだが、次の一行が到着した直後、そのチームの化粧師が食中毒で倒れた。日本に連絡して帰国後に入っていた二日間の仕事を知人に代わってもらうことができたので、幸運な私は予定の倍近い日数南国にいることができたのだった。

慣習と信仰の異なる場所でのポルノ撮影は神経を使う。バリ島では市街地からそう離れていない場所にある貸別荘や現地コーディネイターに紹介された民家を撮影場所としたが、庭やテラスでは半身ヌードの写真を撮るときですら、現地ガイドなどこちらが買収した地元の男たちを何重にも見張り役として立てる。道路に大きく面した貸別荘の庭で女優二人が裸でマッサージをし合う場面を撮った時には、私も現地の男たちに混じって道路を車が通るたびに声をかける見張り役として庭の端に立っていた。島で生まれ、妻が三人もいるという現地コーディネイターは南国らしい素材のシャツを着て、サングラスをかけ、饒舌だった。他に近くにいたのはそのコーディネイターの部下なのか弟子なのかやけに親しい様子の、流暢な日本語と奇怪な英語を喋るTシャツの男が一人と、その男の友人らしきタンクトップの若者二人だ。くすんだ緑色のタンクトップを着た若者はわざわざTシャツの男を通訳にして、以前結構な金額をもらって日本人の女の性器を舐めたことがあると言っていた。

心配したほど車通りの多い道路ではなく、気温も思っていたほど過酷ではなかった。袖のないシャツと緩いパンツの私は、庭に面した部屋の全開になった窓から断続的に漂ってくる冷房の風を心地よく感じていた。油断した若者たちはコーディネイターの目を盗み、なんとか裸の女優たちをもっとしっかり目に入れようと、小突き合いながら順番に樹木の隙間を覗き込んだ。彼らが交わす言葉を私は理解しなかったが、私たちが立っていた外側ではなく、庭の反対側の出口を見張るために家屋のすぐ横に立たされているやはり若い男たちをラッキーだと言っているとだけなぜかわかった。時折通る農用車ではなく、比較的綺麗に整備された車が遠くから近づいてきているのが見えて、Tシャツの男が庭の制作者に見えるように大きく手を挙げて声を出した。助監督二人は女優たちを大きなバティークの布で隠し、カメラマンは物陰に隠れ、見張りの私たちはわざとらしく談笑する。ゆっくり休暇に訪れ、現地ガイドと夕飯の場所の相談をしている観光客グループの姿がそこに瞬時に生まれた。私は誰の慣習と信仰を害さないために何を見張っているのかが、最後までわからなかった。

後半チームは力を入れて売り込む女優のデビュー作の撮影に来ていた。マッサージの場面で初めて服を纏わずにカメラの前に立った彼女は、看護学校の学生で、薄い前髪をおろした、日本海に面した土地出身の女だった。わざわざ一日被せて撮影を組んだメーカーの制作者は二人の女優を共演させることが、どのような作用を生むか十分に心得ていたはずだ。前半チームの女優は明るい仕切り屋で、マッサージをしながら監督やカメラマンの指示を待つことなく腕を寄せて胸を相手の女に押し付けたり、半裸のまま助監督を顎で使ったり、カメラが止まると程よくふざけたりしていて、それは彼女が彼女より出演料の高い新人女優と共にカメラにおさまる際に心地よくいられる態度だったのと同時に、おそらく制作者の望み通りの振る舞いだった。新人女優は時折その冗談に笑顔を見せ、小慣れた集団の速度とムードを壊さない程度には聞き分けよく動いたように、少なくとも私の角度からは見えた。撮影は時間通りに終わる。何一つ問題はなかった。

それでもキュロット型の短いパンツにボーダーのTシャツを着てその日の夕食に現れた時には、デビュー前の彼女はまだ固い表情をしていた。化粧師をしていると表情を作る皮膚の一枚下にある筋肉の動きには敏感になる。緊張は皮膚を動かしても筋肉を動かさず、ほどければ筋肉は実に柔軟に伸び縮みする。それは皮膚の下にプロテーゼを入れ込んだり、糸で皮膚を引っ張ったりしてできる皮膚と筋肉のズレとは違って、刻一刻と変化する。砂浜にプラスチックの簡易なテーブルを出したレストランで、隣の豪州人のグループとも打ち解け合うカメラマンや前半チームの男性マネージャーがビールの瓶を高く掲げて何度も乾杯するのを、静かに見ている新人女優の顔は、徐々に暗くなってきた空を背景に白く光っていた。ものを噛んだり質問に答えたりする時、皮膚の下の筋肉はほんの少し上下に動くだけで、白い肌に反射する卓上ランプの光は影を作らない。全ての撮影を終え、深夜の飛行機で帰る女優や男性マネージャーははしゃいで豪州人と踊り出し、本来彼らと一緒に帰るはずだった私は足りなくなるはずの自分の下着をどこで調達しようかと思案を巡らせ、監督は制作会社の文句に嫌な顔をしていた。丸一日出番のなかった男優は、ガイドを一人連れて午後から街に現地の女を見に行っていて、まだ戻っていなかった。

海は暗く、波は昼間より穏やかになっていた。豪州人と共に波打ち際まで走って水をかけあっている仕切り屋の女優を見て、新人女優のマネージャーは、女同士で混ざってくれば、と言い、新人女優がすぐに立ち上がったので私もそれに続いた。新人女優が裸足であることに気づいて、ビーチサンダルを履いたままだった私は瞬時にそれを後悔し、レストランのテーブルと波のちょうど真ん中あたりの、中途半端な場所でサンダルを脱いで早歩きの新人女優の後ろをゆっくり歩いた。足の指の細かい隙間にすぐに入り込んでくる砂が、徐々に跡がつくほど硬くなり、やがて湿り気を帯びると、足のすぐ先に水がやってくる。擦る音のしそうな細かい白い砂は、波に洗われると黒くなり、波が引いてしばらくたってもやはり黒いままだ。

弾力のある黒い砂の方が歩いていて気分がよかった。新人女優は控えめな足取りで小さな波を避けるように歩いていたが、やがて長く砂浜まで伸びる波がきて、避けるのが間に合わず足はくるぶしまで水に浸かった。波が引くと足には艶が表れて、月の光なのか何軒か並ぶレストランの光なのかがそこに反射した。次の波が来て、彼女は勢いをつけずに波を蹴った。足は水の上を滑り、飛沫は上がらない。次の小さな波を見逃し、やがて大きな波が崩れて迫ってくると、今度は半分ほどの勢いでその先端を蹴り上げた。水飛沫が上がり、波自体が奏でるのとは別の微かな水の音がした。豪州人の笑い声が少し遠くで響く中、新人女優は私の方を見て、口角を筋肉ごと上げてみせた。レストランのテーブルに向けて再び歩き出した彼女の足は黒い砂を踏みつけ、白い砂も彼女の濡れた足に張り付くと少し濃い色に染まった。次の朝、臨時の化粧師である私が化粧水を手に取って頬に叩きつけると、彼女の顔は柔らかくなっていた。

「おし、動くかあ」

太い声に我にかえると、黒く光る腕が、卵の白身の入っていた容器を長椅子の上のナップザックの中に放り入れ、左右の掌を祈るような形に合わせた。動きましょう、とキャップを被った助監督が同意する。

「やらなきゃ終わんないからね」

初老の監督が重い身体を引きずるようにわざとらしくよろよろと立ち上がりながら言った。私は声の小さい女優の水色の背中に軽く触れ、化粧直しのために部屋を移動するよう促した。午前中の撮影で涙の作る線が顔に幾つも走り、酷く化粧が崩れていた彼女には、シャワーの際に一度化粧を全て落とさせていた。私が彼女たちの顔に塗る色は、時に一時間も経たずに流れ落ち、崩れ、溶けていく。崩れることは前提であり、目的でもある。崩れれば崩れるほどカメラを回す者は喜び、ビデオは売れ、女優も売れていく。だから私は崩れた時に醜く滲む漆黒の化粧品を除いて、あまり耐水性や崩れにくさには拘らない。

保湿のための化粧液のついた私の手が水色のバスローブの彼女の顔を包み、午前中よりいくらか柔らかくなった筋肉を少しほぐし、何も塗らなくても特に欠陥のない肌に艶の出る下地を少し塗って、あとは手早く眉や瞳の周りを整えていく。口紅を差す前に、今度は午前中の化粧がほとんどそのまま保存されている桃色のバスローブの女優を鏡の前に座らせ、目頭の汚れを綿棒で落として、ややよれている鼻の周りの白粉をティッシュと追加の白粉で直した。助監督に確認し、二人の唇に濃いローズカラーの口紅をつける。一人はわざとらしく上下の唇を音を立てて擦り合わせ、一人は紅のついた唇を静かに閉じた。二人の女優を一人で化粧する現場は、女優と私が一対一で付き合う現場とは空気の流れ方が違う。そして対極的な体型やファッションをしている二人であろうが、この二人のようにとても似た姿形をした二人であろうが、年やキャリアが大幅に違う二人であろうが、両者は別のところに喜びを見出す。それは一日が始まってしまえば終わるまで、出口が閉ざされた同じ水槽の中に止まらざるを得ない彼女たちにとっては、相手のためでもあれば自分のためでもある息継ぎの作法なのだ。

違う色の下着の上に黒いミニスカートと生成りのシャツという揃いの服を着た彼女たちを、半裸の男優たちが囲む形で、巨大なマットの上での撮影が始まる。喉の奥まで性器を乱暴に突っ込まれた女優の化粧はすでに目尻から流れ落ち、口紅は大量の唾液の中に溶けてゆく。男優の一人が膝立ちとなって女優の脚を開いて後ろから持ち上げ、そこにもう一人の女優が唇を這わせ、最後の男優が持ち上げられた女優と自分とで挟むようにして間の女優の膣に自分の性器を食い込ませる。黒の身体と白の身体は互いを際立たせるように交差し、補完するように重なり合い、白の身体から伸びる黒髪が絡まって境目を複雑にしていた。やがて黒の身体から放出される半透明の白濁した液体が全ての境界を曖昧に混ぜ合わせ、四つの身体はひとつの建造物のように一体となった。

私はその湿り気のある建造物には相変わらず、一抹の満足と欲望を覚える。監督のカットがかかり、写真撮影が終わるまで、鼻の両方の穴に白濁した精液を詰まらせたまま動かずに薄目を開けている女優の顔には髪の毛が貼りついている。

私は精液と唾液で貼りついたその髪の毛を否定する言葉を持てずにいる。ここ二年間、彼女たちを擁護する言葉も非難する言葉も救済する言葉も、そこかしこに溢れているのに、私にとって必要な言葉は十年間、一度も見つけられたことがない。ただひたすら、誰よりも早くその白濁した液体のついた髪に触れたいと思い続けている。


ピンク、白、緑、白、ピンク、白、緑、白、ピンク。

緑、白、白、ピンク、ピンク、白、白、緑、白。

白、緑、白、ピンク、ピンク、白、緑、白、ピンク。

泡立てた石鹸を頬の上にのせて指で鼻の横や顎の下まで螺旋を描くように伸ばしながら、洗面台に混ぜ貼りされた小さい正方形のタイルを目で追っていく。ピンクと淡いグリーンと白を組み合わせたどこか下宿風の洗面台は、絨毯の赤、壁の白、木部のウルシの黒に近い茶色にほぼ全てが統べられたこの家の中で細かい色のはめ込みが見られる珍しい場所だ。一階の洗面台とその先のトイレもここ二階と同じ場所にあり、鏡に向かうと真後ろにあるベランダの真下は、一階では風呂場になっている。簀の子と檜の風呂桶を除くと風呂場を構成するのは全て黒の石だ。洗面台のモザイクは離れて眺めると何か小説の構図のようにも思えるし、眼鏡やコンタクトレンズを外すと色の混ざり合ったぼんやりとしたグラデーションのようにも見える。八月の後半に差し掛かってから、洗面所に立つときにこのタイルの色がやけに目につくようになった。時折小さな蜘蛛などがタイルに足を滑らせながら横切ったりもするが、後ろにあるベランダへ虫を誘うのは造作もないことだった。ベイスンの近くの二箇所、それから壁に接面する一箇所、タイルが剝がれていることにも気づいた。額まで伸ばした石鹼の泡が滴ってきたので色を数えるのをやめて目を閉じ、目の上を簡単になぞった後に水道で流す。閉じた目に三色の影が残っている。

二階の洗面台を使うのはほとんど私だけなので、白い陶器のベイスンの横には使いかけの化粧品や化粧筆が入った小袋が並んでいる。祖母は滅多に二階には上がってこない。キッチンのある部屋と引き戸で隔たれた自分の部屋、それから庭が彼女の居場所で、ごく稀に玄関ホール横の応接間で本を読んでいることもある。祖母は自分の部屋の鏡台の前でしか化粧をしないので、一階の洗面台は棚の中まですっきりと簡素で、それに比べると二階は余計に下宿風だった。

鏡に向かって左の壁に取り付けられた棚を開いて瓶を二つ取り出し、まず片方の蓋を開けて液体を掌にのせた。身体の後ろにあるベランダは斜めに川上に張り出し、つまり西に向いているので朝の光は遠い。最低限の保湿を施したあと、小袋の一つを開けていくつか肌に塗る化粧品を取り出した。私に顔を塗られる女優たちの多くは、高級な化粧品だけでなく、時に繊維や糊を使って普段から自分で上手に化粧していることが多く、見慣れた自分の化粧を離れて顔を他人に明け渡すことに、露骨な抵抗を示す者もいる。最低限の信頼を得る手段として私は自分の顔を可能な限り丁寧に塗るし、仕事のない日には新商品を試してなるべく旬の色で飾るようにしている。

昔に比べれば比較的自然な化粧が流行しているここ最近であっても、性欲処理に適した化粧は多くの女優にとっては物足りなかったり野暮ったく思えたりするものだ。特にポルノ女優の顔や服装を真似る女性たちが格段に増えてからは、男の射精を促すことだけに特化した顔だと割り切っていられない事情があるらしい。ただポルノ女優が男女両方のものとなっても、ポルノそれ自体は依然として男のものであるし、私は相変わらず男に向けて顔を作り続けている。ただ、どちらにせよ精液や尿や唾液や涙で泥のように流れてしまう化粧について、あれこれと注文する女優や譲れない箇所がある女優を面倒だとはあまり思わない。数十分後には裸になり、身体も性も自尊心も数時間の間は放棄する彼女たちがそれでも明け渡さないものがあるのだとしたら、その片鱗に触れる私は幸運だとすら思う。

タイルを気にしていたせいか、なんとなく新品のカーキ色の化粧品を手に取り、パッケージを開けてみた。よく見れば細かい粒子が入っていて、窓の近くに持っていくとそう簡単にどの色と言えないほど多彩な粒子が光る。別のメーカーのピンク色のグラデーションが一つの板になった化粧品と並べてタイルの上に置き、化粧筆を使って目元を作ってみる。上瞼の上に自然な白色の化粧品を塗り、ピンク色を重ねてから筆を持ち替え、目頭から数ミリと目尻から数ミリだけそれで縁取る。実験台としての私の顔は便利だ。余計な特徴がなく、色素が薄いので化粧によって印象が大きく変わる。濃い茶色のペンシルで流線を描き、眉を整えて唇には薄荷の匂いのするクリームだけ塗って、全ての化粧品を元あった場所に戻した。欠けたタイルの箇所に触ると、冷たく滑りやすいタイルの上と対照的な、砂地のような温かみと乾いた触感がある。

赤の絨毯が張り巡らされる階段を半分まで降り、二本ある細い窓のうち左のものの外側に蜥蜴が腹を見せて張り付いていることに気づいた。ついでにそこから窓の外を覗き込むと、普段は川床の石の表面が全て見えるほど浅く澄んだ川の水がやや増量し、ところどころ濁った水が見慣れぬ速度で流れている。家の立つ場所から川につながる崖の濃い緑に朝の光が反射して、常に一定の影の中にあるこの階段ではない、空や川の向こうを照らしている。夜の間に思う存分に降った雨が洗いざらい持って流れたのか、真夏の澱んだ空気はそこにないようだった。高速道路を降りて山を越える頃には路肩の一部が冠水するほどの大雨で、いつもは前の車や信号機の手前で気配を消しているフロントガラスが全力で存在感を放っていた。駐車場の扉を開けるために車から降りると、家の外灯と車のヘッドライトで照らされた家の外壁の煉瓦タイルは、横殴りの雨に怯《ひる》むことなくいつも通り規則的で、むしろ濡れた状態で光に当たると通常より若々しく強く見え、屋根の玄昌石は黒々と重く見えた。

勝手口の外にいつも置いてあるサンダルが風のせいか雨のせいか足の届かないところまで散らばって、焦げたように土で汚れていることに気づき、私は階段の下まで引き返して玄関ホールの高い吹き抜けから吊るされたシャンデリアの灯りをつけて、十字型の痕のある白い壁の下の、アーチ型の玄関扉から外に出た。目の前にある山の潤いに気を取られ、正面の門から一度表の細い道路に歩き出て、坂を隣の家の方に向かって登りながら山の木々から時折降りかかる雫を浴びる。トラ猫を飼う夫婦の家と私の住まいとの間に建つ家にはかつて一つ隣の駅で古物商を営む老いた男が住んでいた。ごく稀に妻らしき派手な女を見かけたが、男の話では彼より二十も若く見えるその女はもう長く海外に暮らしていて、ここで生活しているのは彼一人だった。母は何度か男の店を訪れ、また何度か彼を夕食に招き、中国の古い鈴や棚に本を立てるための重い人形を彼のつけた値段より随分安く譲ってもらっていたのだが、ある朝彼の店の従業員の一人が母を訪ねてきて、男が死んだことを教えてくれた。家の中の風呂場と寝室の間の廊下で、倒れ冷たくなっていたらしい。三日間発見されなかった男の家が静まり返っていたことに、私も母も不自然さを感じなかった。現在は、都心から移住してきたらしい若者が五人ほど、その広い家に同居している。

勝手口に続く小さな門の方へ回ってそこに備え付けてある郵便ポストを覗き、再び敷地に入る。家の向こうに見える、そのまま谷と川に続く木々から、蟬の声がまばらに響いてくる。小さな門は玄関扉に近い正面の門よりも高い位置にあるので、勝手口までは緩やかな坂を、庭にある道と同じ歩幅で平らな石が結んでいる。私はその石の上を四つ目まで歩いて、勝手口までは歩かずに煉瓦タイルで覆われた建物の方へ段差を飛び降りた。

祖母の部屋の雨戸を外から開けると、すでに内側から木枠のガラス窓を半分開けていた祖母が、ばあと言って顔を出し、驚いて足元のバランスを崩した私を見て笑った。あら、もう化粧しているの綺麗ね、と自分の方はいかにも数分前に目覚めたという顔の祖母は寝巻きにしている木綿の黒いワンピースを着て、腹の辺りにある橙色の太陽の刺繍が不敵ににやついている。

雨がどうなったか気になって早く起きた、と言いかけて、私は山の方を振り返り、言葉を失う。目に見えている光景に純粋に驚いたのは確かだが、それはむしろ刹那的なことで、それよりもこれから対処せねばならぬこと、仕事への支障、支払わねばならぬ金額などが瞬時に頭に浮かび、気も足も重くなった。口を開けてイタリア車の停まっている方向を見たまま固まった私に祖母が何何とうるさく問いかけるので、正面の山から落ちてきたのであろう巨大な枝が駐車場の簡易な屋根に突撃したらしく、屋根が破壊されていると同時に屋根を支えていた柱が耐えきれずに壊れた屋根ごと車の上にのしかかり、車のサイドミラーは取れかけ、昨夜あれほど存在を主張したフロントガラスは車の内側が見えないほど広く細かく割れている、という状況を素早く正確に伝えることができず、木が、屋根が、と要領を得ないことをいくつか言った。祖母は腹にふざけた太陽をつけたまま勝手口から裸足で外へ出てきて、Oh my goodness と英語で言って私の腕の間に入って半ば強制的に肩を組む格好をさせられた。その上で祖母は勝手口から離れて散らかったサンダルを発見し、あなた玄関から出てきたの、それで今の今までこれに気づかなかったの、あなたも相当疲れているわね、と言って明るく笑った。私は正面扉を出て小さな門を入るまで、駐車場の真前を歩いていたのだった。

祖母が朝食を用意してくれると言ったので、その間に私はいくつかの場所に電話をかけることにした。祖母の育てる果物や香草は斜めになったり千切れかけたりした苗があるものの、総じて無事と言える状態で、私には車が自然によって壊されたことより、この不屈の菜園の方が驚くべきことのように思えたのだが、祖母はさして意外でもなさそうに、駄目になりかけた葉物やトマトを摘んできて凝った料理を作り出していた。母の乗っていたほんの少し緑がかった薄いブルーの古い車については、修理に出すよりもこれを機に何か新しい車に買い替えた方が良いのは明らかだった。そもそも渡英のタイミングで車を処分しようとしていた母に、残しておいて欲しいと言ったのは私と祖母で、何か不具合があるたびに修理にやたらと高額がかかるイタリア車をこれ以上保存しておく必然性はない。バス通りですらすれ違いが難しいほど道の狭いこのあたりで、より小回りのきく、コンパクトな国産車をそのうち私か祖母が買うだろう。私の仕事についても、必ず車で通うようになったのはここ数年で、最初のうちはスーツケースを引きながら電車で向かうこともあった。

父の叔母は車に乗らない人で、駐車場はそもそも母と幼い私が引っ越してきた後に、事後的に作らせたものだったため、業者の連絡先を見つけるのはそう難しい作業ではない。巨大な枝は、家に対峙する山のものであるのは明らかで、その山は市の保有だということも分かっていた。山や川や海を擁する市の役場は、豪雨の後始末に忙しいのか電話中の保留が多かったものの、下請けの造園業者などに連絡がついてからは、撤去の予定日や屋根の補修日などが決まるのは早かった。造園業者の電話に出たのは母が下の名前をちゃん付けで呼んでいた気のいい二代目で、一代目は健在だが、腰を悪くしてからはお金の勘定以外の仕事から離れて釣りにばかり出かけているのだという。

二十年以上、あらゆる補修を必要とするこの家に暮らしてきて、綻《ほころ》びがあればその都度直した。吹き抜けがあり、全体の天井も高い家で、私や母や祖母が自分でできることは限られているので、かかりつけの医者のような業者はいくつもある。かつては嵐や地震が起きるたびに、外からの接続を遮断されたようになる家を呪った。重い外壁によって守られていることよりも、自分と母親以外の世界の様子がわからない孤立は幼い私に耐え難く、ラジオをつけようにも元々不安定な音声が余計に聞き取りにくいことが多かった。しかし夜が明け嵐が去ると、雨戸や外灯などに何かの不備が出て、今度は業者が忙しなく出入りするのだった。そういう時、大きなアーチ型の玄関扉や広い玄関ホールは開かれるのに適しているように見えた。

保険会社に書類を請求して電話を切ったところで、祖母が台所からレモンの蜂蜜漬けが入ったヨーグルト、豆を潰したスープ、それから円形の大きなピザを運んできた。朝から豪華だね、と伝えると、残ったら夜も食べてね、と何かを含んで笑うので、誰かと出かけるのだろう。ピザを専用の刃物で切り分けながらも聞いて欲しそうな顔をやめないので、夕飯は食べないのか聞くと、海の近くで一般向けに仕舞や謡を教える能楽師の名前を言った。祖母とはちょうど十歳離れていた祖父は、私と母がこの家に引っ越す直前に旅行先で死んだ。六十代になったばかりだった。同時期に独り身となった母と祖母はそれぞれ頻繁に男と出かけたが、デートから帰ると必ず男という生物全般についての独断的な文句を二、三言う母と、その日に会った男のことを必ず褒める祖母はある意味対照的だった。

祖母が切れ目を入れてくれたピザを千切って自分の前の白い皿に移し、チーズやトマトの熱さを確認しながら半分まで一気に食べ、一度皿に置いてスープを飲む。口紅を塗らなかったのは正解だった。しばらく電車で仕事に通うとなると、深夜を過ぎても終わらない時には宿の心配をしなくてはならない。いつも通りの時間に目覚めたのに、いつの間にか日はすっかり高く、蟬が本格的な大音量で唸り出している。蟬の出す音を遮って祖母は、嵐が来て雨が降って、それが過ぎ去った後って誰かと会いたいじゃない、と悪びれない顔をしてみせた。

あなたもたまにはデートくらいしてくればいいのに、おばあさんとピザなんか食べてないでさ。せっかくそんな綺麗にお化粧してるのに、植木屋さんとおばあさんにしか見せないなんて。ああでもあの植木屋さんの二代目は悪くない顔をしているわよねえ。あなたよりはだいぶ歳上だけど。

祖母はやはりなぜかヨーグルトから食べきって、ようやくピザの一切れ目に手を伸ばした。木綿の黒いワンピースを背景に、黄色と赤と緑のピザの色が映えている。造園業者とは電話で話したが、今日中にうちに来れるわけではないし、彼は若者向け雑誌のモデルと見紛う、昆虫のようなガリガリの脚をした女との間にすでに学校に通う息子がいる。確か昆虫脚の女は県庁の近くの洋服店で働いていた。メイクの仕事楽しいですか、と以前海岸沿いの公園でその家族と遭遇した時に聞かれたが、彼女の化粧は玄人芸と言って良いほど巧みだった。

化粧バンドの男と別れた後にも、何人かの男と付き合ったり別れたりはした。男と酒を飲んだり寝たりする時には車は家に置いて、電車で仕事に出かけた。三回以上セックスした男たちには遠回しに別の仕事すれば良いのに、と言われた。最後に短期間一緒に寝た男は、そういう仕事が必要なことはわかるけど君がすることはないんじゃないかなって僕は思うな、と言った。そのようなことを言われてから家に帰ってくると、私は女優たちではなく男たちへの興味を失うことが多かった。彼らの言葉は決して私を、あるいは私が顔を塗る彼女たちを否定するものではなく、悪意なく挟み込まれるのだが、それは余計に私を失望させた。微かな異臭をさりげなく自分から遠ざけるくらいなら、いっそ完膚なきまでに否定してみせて欲しいとすら思っていた。島一つが強固な信仰を抱えているような、そしてその信仰が私の仕事や女優たちの存在すべてを否定しているかに見えるようなバリ島の若者ですら、木の茂みから盗み見ては目を奪われる彼女たちの前で、論理は浮かんでは消えていく。結局私は酒を飲んだり泊まったりすることがなくなり、車で仕事に通い続けてきた。

うーん、やっぱりコーヒーも欲しいわね。ピザの二切れ目を一気に食べ切った祖母が勢いをつけて席を立ち、料理に使った包丁や鍋がそのまま散乱している台所で、コーヒー・マシンにどぼどぼと水を入れた。私がやるよ、と言って交代し、駅前の喫茶店で買っている豆を手動のグラインダーに入れてハンドルを一気に回す。三十回ほど回して挽いた豆の匂いは祖母の座るテーブルの方まで漂ったようで、祖母は顔を上にあげ、鼻の穴を動かしてみせた。スイッチを押してから席に戻り、残してあったヨーグルトのボウルを手前に引くと、ワックスのついていない自家製レモンの蜂蜜漬けの眩しい色に唾液が込み上げた。相変わらず、谷川に面した窓の外では全力の蟬たちが声を張り上げている。

ピザって明るくていいね、と祖母が言うので、そうだね、この家には洗面台以外ほとんど色がないから、と何気なく応えた。予想していた返事がないので、ヨーグルトを混ぜる手を止めて祖母の顔を見上げると、口を半開きにして停止している。こちらから何か追加で言おうかと口を開きかけたら、Are you kidding? と祖母はピザを皿に落として椅子の背もたれまで大げさに身をのけぞらせた。後でゆっくり家の中を歩いてごらんなさいよ、来週も、来月も、次の季節も、もっとゆっくり歩いてみたらいいわ。そう言った祖母の後ろの窓からはやはり蟬が大声で叫び、その叫び声の合間に、コーヒー・マシンの電子音が小さく鳴った。

ページを捲ると女の名前が一枚に一つずつ、大きく印字されている。その様子は女の洗礼名の目録のようで、実際に洗礼名として知っている名前がいくつもあることには少し愉快な気分になる。ずっと捲っていくと何度も顔に触れたことのある女優たちの名前もいくつか見つけた。日焼け肌に金髪となってデビュー時から随分印象を変えた彼女もいる。彼女のように仕事を始めた後に大きく雰囲気を変えたり、メスを入れて線を足したりする女優もいるが、そうでなくとも女優たちの顔は変わっていく。表情が柔らかくなっていくとか、目に光が少なくなっていくとか、そんなことであれば私はその変化にすぐに飽きてしまっていたように思う。彼女たちの顔はもっと奥の筋肉や骨の位置を司るところから時間をかけて作り替えられていく。その変化を指先に感じるたびに、この子たちがこの先どうなっていくのか、気になって仕方がない。初めて触れたポルノ女優の顔の内側に、そのような兆しを見つけてから、私はここにいる女たちがどうなるか見届けたいと思っていたのだ。そう思うこと自体には十分な量の罪悪感が伴っていた。

「ごめんね、今日、六人。予定より多いんだわ、新人は同じ、四人だけど、看板の一人が撮り直したいんだってさ」

　ノックと同時に勢いよく扉が開き、赤ら顔の中年男が部屋に入ってきた。大きな洋館の二階部分を改築した事務所は、階段を登って東側にはこの広い部屋の他にパソコンデスクが並ぶ小さめの部屋が一つ、それから広いバスルームやトイレが並んでいて、階段と廊下を隔てた西側には事務作業やスタッフ同士の打ち合わせに使われるダイニングとキッチン、そこに連結するだだっ広い応接室がある。用途の決まっていない東側のこの大部屋は、布団や劇場の衣装が整頓して詰められた押し入れと、撮影背景の白いスクリーンなどがそれぞれ南北の壁を守っていて、その中央にある大きなテーブルですっかり化粧台の準備を終えていた私は、女優を座らせるための椅子に自ら座って、ここに所属するポルノ女優とストリップの踊り子の一覧をなんとなく眺めていた。今日、事務所に所属して初めて他人に顔を触られる新人たちも、写真撮影が終わり次第ファイルに綴じられる。

「大丈夫ですよ、カメラマンさん、何時に入られますか」

　新人以外でも、長く仕事を続けている女優は時折宣材写真を変更する。顔の印象が変わっていく中で、以前の顔を気恥ずかしく思うのは真っ当な感覚だと思う。プロフィールを綴じたアナログなファイルを棚に戻して、私はいつでも化粧に取りかかれる態勢を作った。このプロダクション事務所には何度も訪れているが、改めて一覧を見るとほぼ全ての女優が二重瞼で、前髪を眉よりほんの少しだけ下に切り揃えていることに気づく。ポルノやストリップの女たちを育てて長い赤ら顔の社長の好みは一貫して保守的で、金に近い色まで髪を脱色した女優はなおのこと目立っていた。

三時かな、と、社長は言い、薄手のカーテンを閉めないと眩しすぎるほど陽の入る部屋の、壁にかけられた時計に険しい視線を向けた。予定より早く到着したので時間は十分にある。微かに酒の匂いがしたので、二日酔いですか、と聞くと悪童のような顔をして、途中で俺消えるけどアイツはいるから、と片手を顔の前に出して、祈りの姿勢をちょうど半分に割ったように、中心で垂直に立てた。私が朝九時前に到着した時、社長はまだおらず、私より十歳ほど歳上の女性マネージャーがダイニングのテーブルに座って、踊り子の舞台衣装らしき布をミシンで縫っていた。この事務所の中で、背の低い社長が小太りの女性マネージャーの身体を触り、二人で笑い合っているのはよく見かけたが、女性マネージャーの方は人形のような顔のホストとも歩いていたと、以前とある女優が教えてくれた。

もともと事務所にあった大きな鏡面を窓に向かい合うように設置したため、あまり眩しい光が反射しないよう一部だけ薄手のカーテンを閉めた。激しい雨が首都圏全域を通り過ぎた日から二週間、晴れやかな天気が続いていたが、気温は嵐の前ほど上がることはなく、気がつけば暦を捲っていた。母に連絡して車を廃車にして、電車で仕事に来るのは思っていたより苦痛ではなかった。一時間の電車内は本を読むのに適していたし、駅で一度、コーヒー・カップの引出物をくれた医者の娘にも遭遇できた。二人目の子供の手を引き、大荷物を抱えた妊婦は、切符売り場の横にあるパン屋の前から大声で私を呼び止め、電車を二本乗り逃すまで大学教員の旦那の悪口を言っては笑っていた。私大の景気は頗《すこぶ》る悪く、非常勤の旦那はもしかすれば来年からどこか地方の大学とこちらの自宅を往復することになるかもしれないらしいのだった。最終電車に乗れない一日がかりのビデオ撮影の時は、女性も歓迎のカプセルホテルを探して泊まった。別にビジネスホテルを予約することは容易いのだが、最小限度のスペースに入る機会はそう多くはない。ただ、化粧道具の入ったスーツケースを引きずって都会を歩き、カプセルに身体を詰め込むときは、個人という単位の絶対性などその極小スペースで考えるべきことを思い出す余地は大抵なく、カプセルを突き破る隣人のイビキと歯軋りに気を取られた。

応接間に入ると既に女優が二人、ソファとオットマンにそれぞれ座っていた。一人は三年ほど断続的に仕事を続けている見たことのある顔で、赤ら顔の社長がダイエットして痩せたから写真を変更したいらしいと言っていた作り物の乳と鼻をつけた女優だった。もう一人は新人で、簡単なスナップ写真付きのプロフィールによれば、七年前の地震で被害が大きく報道された町の出身だ。作り物の乳の女優の方は以前会った時と同様に明るく、くちゃくちゃと何か噛みながら、苦笑いの新人女優にも袋に入った乾燥林檎をすすめていた。

「これね、今めっちゃ笑ってたんだけど、ほんとやばいから見て。うちが事務所入って半年くらいで妊娠して辞めちゃった子からいきなり来たんだけど」

　彼女が携帯電話の画面をこちらに向けてきたので立ったまま受け取って流れている映像を見ると、昨日今日歩き出したような幼い子がピンクのマイクを握って歌手の真似事のようなことをしている。うあいあいあーあうあいやーとしか聞こえないが、時々顔をくしゅっと崩して笑うので歌の出来は関係なく玉のように愛らしい。彼女の言うやばいがそのことと同義だと思った瞬間、女優の割れた液晶画面でやや見えにくいが、幼子の握っているのがピンクのマイクではなく、ポルノ撮影であまりに頻繁に目にする電動マッサージ器であることが分かって、鼻で小さく笑った。

「これ何もそのことに触れずにサ、二歳だよん、とだけ書いて三人のグループ全員に送ってきたんだけど、気づいてないのかな。まさかだよね、笑わせようとしてんだよね。でももし気づいてないなら親とかに送ったらやばいじゃん、旦那の親とかたしか超田舎の年寄りだしサ。一応だけど教えてあげた方がいいかな。でも教えたらサ、万が一気づいてなかったらすごい恥ずかしいじゃん、もう親に送っちゃってるかもしれないしサ。なんて返事すればいいと思う？」

彼女が笑いながらもあまりに必死に捲《まく》し立てるので、私もつられて先ほどより長く笑い、可愛すぎて最初気づかなかったけどマイクに笑ったよ、とだけ返せば、というようなことを言った。彼女の偽乳や偽鼻は、安い手術で今はあからさまな気がするけれど、つけ続けていればいつか本物になるだろう。彼女の話し方はどこかそう思わせる。

「そろそろやるよ、あなた先ね」

私は未だに液晶画面を何やら触っている作り物の乳の女優の肩を軽く触り、続いて北国出身の新人女優に、あっちに一緒に移動していいからね、と言った。ダイニングの方では早速帰り支度をしている社長が何か飲み仲間の悪口のようなことを喋り、女性マネージャーが適当にあしらっていた。眩しいほどの東側の部屋とは対照的にこちらの部屋は日が当たらず、蛍光灯の辛気臭い灯りの下で、社長の呼気の酒臭が妙な重みと共に漂っている。

乳と鼻の他に爪と睫毛の先にも人工物をつけている女優の前髪をクリップで止

めて肌を保湿液をつけたコットンで拭き、白い肌のせいで少し目立つ目元の染みを薄いコンシーラーで隠す。目の開け閉めを促しながら化粧を進めている間も、彼女は時折新人女優の方を見たり、化粧する手が離れるタイミングで振り向くようにこちらを見たりして、話し続けていた。途中から、大体は大笑いするほどではないけど馬鹿馬鹿しいポルノの話題になっていた。新人女優は先ほど私が押入れの前に引っ張り出したクッションに腰かけて時々会話に敬語で質問を挟んだり笑ったりする。クッションの前に慎ましく並べられた左右のつま先だけが、時折居心地悪そうに重なったり離れたりしていた。

「女の子がビルの中走りながら、マラソンみたいに途中に置いてある水飲んでね、また走って、屋上まで走っていってサ、それでそこで服着たまま放尿するのね、漏らすんじゃなくて、結構踏ん張ってようやく出たみたいな感じで。それですっきりしたみたいな感じで照れて終わりなの」

「最後まで服脱がずにですか？」

「うん、ノーブラで透けるタンクトップみたいなのは着てたかな。でもオナニーもしないし服脱がないし、ほとんど走るだけでオシッコして終わり。楽で羨ましいけどこれでヌく人いる？　ギャラいくらなんだろう」

「需要は謎ですね。あと踏ん張るっていうのも」

「あ、それはめっちゃわかるよ、私も最初に女王様の格好して男優の顔の上で放尿してって言われた時サ、簡単と思ったら出ないの。普段サ、トイレ座ってしか出さないじゃん。その時はヒール履いてしゃがんでたからまだマシだけど、漏らすみたいに立ったままオシッコって出ないもんだよ、あとほら入院した時のオムツってのも最初なかなか出ないもんみたいだよ」

「身体が学習しちゃってるんだね」

まだ本物に変わってはいない偽物の睫毛をブラシに引っ掛けて取らないように注意しながら、私は目を瞑《つむ》って排尿の妙について語る彼女の話に手を止めずに反応した。彼女は瞼を動かさずに、それぞれそれ、と力を込めて言う。口元だけ高速で動かし、睫毛を揺らさない様子に器用だなと感心する。鏡には薄いカーテンを突き抜けてくる光が反射し、忙しなく動く彼女の口元は黄味を帯びたひだまりの中にあった。

「まさに、だよ。規則破ろうと思ってもね、身体のほうが頭よりお利口なの、しかも頑固。ここでオシッコをしちゃダメです、今は撮影だから出さなきゃダメなんです、いやダメですトイレに行ってください、出さないと仕事終わんないんですけどーって」

裏声を使って二つの声を演じ分けた彼女に、新人女優は声を出して笑い、私もつい手を止めて笑った。相変わらず天気は良いが少し日が高くなり雲も増えたので私は後ろの薄手のカーテンを少し開けた。さっきより鮮明に、化粧中の女優の不自然な鼻中隔が映えたが、その分彼女の濃い栗色の髪は艶めきだつ。縮毛矯正をしているのか、ブローは驚くほど早く終わり、彼女の服を汚さないためにつけていた前掛けを外すと、終わり？　と彼女は聞き、私がうなずくのを待たずに、タバコ吸ってくる、と跳ねるように応接室の方へ行った。彼女が扉を開けた時に聞こえた音から察するに、他の女優たちも続々と到着しているようだった。

「お待たせしました」

手を一度洗ってから、日当たりの良いクッションの上でおとなしく待っていた北国の新人の名前を言った後に顔を見て、私は先ほどまで作り物の乳が座っていた椅子の方へ誘った。新人の女優は新しい名前への反応が薄い。本名を少し変えるだけの女優も以前より増えた気がするが、それでもほぼ全ての彼女たちは女優となると同時に名付けられる。水商売や風俗の仕事の経験がない者は新人の間、他の女優らに名前を聞かれてうっかり本名を名乗ることがあるが、そのうちカメラが回っていなくともそんなミスはしなくなる。小さく勢いをつけて起き上がり、ハンドバッグを手に持とうか置いたままにしようか一瞬迷った女優は、結局何も持たず雲の影の隙間を縫うように鏡の前まで歩いて、お願いしますと言って座った。蛍光灯の下で見るよりずっと血色は良く、黒に見えていた肩までの髪は赤みの無いカラー剤で根元まで染めてあるようだった。私は薄いレースのカーテンを全開にして、少しだけ窓を開ける。

「少しお化粧してる？」

彼女の髪をクリップで顔にかからないように左右二箇所ずつ止めながら聞くと、

あ、すみません、と言って立とうとするので、大丈夫と言って肩を軽く押さえ、ここで簡単に落として良いか聞いた。目を瞑るように言ってから、彼女の顔をクレンジング液を染み込ませたコットンで丁寧に拭き、手に乳液を出して顔を少しだけ上に向けさせて両手で頬の下から包み込んだ。冷房の風か外からの風かで端に寄せてある薄いカーテンがなびき、鏡の中の彼女の顔を薄い色の影が通る。皮膚の下の筋肉は思っていたよりずっと柔らかくほぐれていた。耳の前から額にかけて、それからもう一度顎の先から頬にかけて、手のひらと指でマッサージしていく。全開にした窓の外で薄い雲が動き、顔の上の影は複雑に形を変える。

目を開けて大丈夫、というと北国の彼女はゆっくり首を元の位置に戻し、さらにゆっくり目を開けた。いい匂いと言って、私の使う化粧品の並ぶテーブルを興味深そうに見始めたので、収納ボックスに戻した乳液を再び出して、これの匂いかなと教えると携帯のカメラで乳液のボトルの裏面の文字を写しているようだった。実際の生年月日で見た年齢よりあどけなく、十代に見える彼女の目の前に並んだ、男の性欲処理に適した顔にするために肌に乗せていく彩り豊かな化粧品がコンタクトレンズをしていない瞳に映る。発色の良いカラフルなラメ八色が入った韓国製のパレットが一際目立ったのか、彼女は手をそっと伸ばして少しだけその長方形の光り輝くものに触れて、壊さないように汚さないように慎重な指はすぐに引っ込められた。

「人にお化粧されたことある？」

私は光沢のある下地クリームを彼女の額と頬、それから鼻の上と顎に少量ずつ付けて聞いてみた。

「七五三と成人式しか覚えてないです」

「使いたい色とかあれば教えてね。写真用のお化粧、少し普段より濃いから気になるかもしれないけど、気にいらない箇所とかがあれば後からでも直せるからね」

目尻を下げて笑った彼女は分かりましたと言って鏡を真っ直ぐ見つめ、時折その視線を鏡の中の私に移しながら、焼き鳥屋で長く働いていること、自分はいじめられていないけれども一人の男性社員が自分よりずっと年上のバイト男性を露骨に酷く扱うのが嫌だということ、その年上のバイト男性は彼女と同郷だということを話した。上京した時には兄も近くに住んでいたが、地元で就職して戻ってしまったことと、今年の初夏に初めて富士登山をしたということも言っていた。どうやってここに流れ着いたのかを私が彼女たちに聞くことはない。女優同士もそれを聞かない。繰り返される営業面接やインタビュー記事で答えられる言葉を持っていることは知っているが、わざわざそれを聞くことをしないのは自殺者に自殺の理由を聞かないことと少し似ている。十秒でも答えてしまえるし、十日喋り続けても言い得ないのだということは聞く者も聞かれる者も気づいている。そして相手には聞かないそれを自分の中では問い続ける。少なくとも私は二つ問い続ける。小さな罪悪感が一体どちらに根ざしているのかはよくわからないが、二つ同時に問うのだ。どうして鏡の前の椅子の後ろに立っているのかと、どうしてその椅子に座らないのか。

彼女の肌に合うファンデーションを筆にとり、視線を上に向けるように伝えて目の下まで細かく塗っていく。一切の日焼けを許さないような色素の薄い肌は、太陽と化粧台のランプの多色の光の中と雲とカーテンの薄い影の間に揺蕩《たゆた》い、化粧筆と私の手が落とした濃い影の中でやがて化粧に埋もれた。西側からかすかに聴こえていた話声が近づき、扉のすぐ前に来てから偽乳の女優が再び扉を開ける。紙巻煙草の良い匂いが少し鼻をついて、やがて消えた。鼻が慣れてしまったのか、匂い自体が希薄になったのかはよくわからない。

油分の多いクリームを自分の鼻から額、頬に擦り込み、白粉や日焼け止めと馴染ませている間、洗面台のタイルの薄いグリーンの正方形だけを数えてみる。コンタクトレンズをつけたまま追っていくタイルは、正方形と正方形の間の白い目地まで鮮明で、目地もまた薄い汚れや黄ばみや細かい傷で一色ではなく、そのうちタイルを数えるのをやめてそちらの方に目線がずれて行った。

目を閉じて瞼の上にクリームを伸ばすと、数時間前に見た建物の外壁が瞼の裏に描かれていることに気づく。外壁のガラス表面には空が見え、中を歩く人が見え、木々が見え、天井のライトや企画展のポスターが見えた。それは内側であって外側でもあった。手探りで水道を出して水を掬い、顔のクリームを流し、ずぶ濡れの肌を横に出してあったタオルに埋め、顔を上げると鏡に私の顔が見えた。身体の後ろでは窓の外のベランダが黒くなって、その前に立つ私の灰色の服を白く見せている。

新人の女優四人とすでに仕事を続けている女優二人の化粧を終え、早めに到着したカメラマンが撮影している間は、ちょっとした化粧直しや髪の毛の調整を頼まれるために横で待機して、撮影後に飲み屋の仕事に行くから髪をアップにしてほしいと頼んできた作り物の乳の女優の髪型を直し終えるとまだ午後四時過ぎで、小一時間寄り道しても、祖母との待ち合わせに十分間に合うと思った。女性マネージャーが車を呼んでくれていたので、それに乗ってしばし考え、運転手に寺院の名前を告げ、立ちっぱなしで疲れていた足を休ませながら車窓を見ていた。

ただ、三解脱門の前に到着してみると思ったより気温は高く、一応煩悩を解脱しておこうと門を一瞬くぐり、そのまますぐに出てスーツケースを引っ張りながら目的のビルの前まで歩いた。ビルが見える場所に行くと空が見えて木々が見え、そこに向かっていくとやがて私は慈善活動を展開する団体の本社ビルの向かいに立っていた。ビルの中を覗こうとして見えるのは化粧品の詰まったスーツケースを引っ張る私のいる外の景色だった。寺院や公園があり、慈善活動とは関係のない人々が歩き、風が吹いて、誰かが痰を吐き、食品を配達するオートバイが車とガードレールの間をすり抜けていく外の世界が、ビルの表面に吸い込まれていた。その鏡面を見ているうちに、思い当たるものがあった。勢いづいてタクシーを止め、いつもより小ぶりのスーツケースを無理やり座席の奥に詰め込んで今度は美術館の名前を告げた。

日は少し短くなったが、まだ十分に明るい。タクシーから荷物を引っ張り出して大袈裟な入口を入ると、美術館の敷地内にあまり人はおらず、私はうねるような形でそこにある建物の前を左右に歩きながら、外壁のガラスの表面に映る中と外の割合が変化するのを見ていた。遊歩道を歩くと自分と建物の間の距離も伸び縮みするので、割合は如何様にも変わった。煩悩は解脱されなかったのだろうが、私の足は速まって、いつしかスーツケースを変なオブジェの前に置いたまま、遊歩道を行ったり来たりと走って笑っていた。汗が吹き出し、靴擦れは割れて、髪を留めていたピンが外れ落ちた。ガラスの中の色が混ざり、また分離して、また混ざる。息切れして止まり、膝に手をついて靴紐の左右非対称な結び目を見てから顔だけを上げると、警備員がこちらを見ていたので、仕方なく荷物のところへ戻ってから美術館の中に入った。

よろけて時計を見ると、そろそろ帰路につかないと、レストランの予約に間に合わないことに気づき、それでもエントランス近くの案内窓口の人に不審がられると思って、月末から始まる企画展のチラシを、探して見つけたという風に大袈裟な動きで二枚とってから外に出た。ちらちらと後ろを振り返り、ガラスの壁面に映る外部と内部を確認しながら、早歩きで敷地外へ向かうと、警備員は既に私への興味を失って、時間と車の往来を気にしていた。

額から、髪の毛の中に手を突っ込んで、地肌を指で軽く擦って鼻の近くに持ってくると、しっかり残暑の汗の匂いがする。後でやっぱり風呂に入ろうと思って霧状の保湿液だけ顔に振り撒いてから、洗面所の電気を一度落とし、使ったタオルを持って赤の階段をリズム良く駆け降りた。玄関ホール手前を左に折れて風呂場に続く脱衣場の籠にタオルを放り投げてから、再び信仰の不在を大袈裟に告げる玄関ホールを通る。電気を落とした玄関ホールから、奇妙な人形がこちらを見ているが、その奥の玄関扉は闇に隠れてぼんやりとしかその形が浮かび上がらない。その周囲の白い壁は闇の中で最早その色の識別すらできないのだが、私はそこに染み付いた痕を余すところなく再現して闇の中に描くことさえできる。

ダイニング・テーブルのある部屋に入ると祖母がカップに入ったアイス・クリームに銀のスプーンをねじ込みながらこちらを見たので、私も食べたいと言うと彼女は、ピスタチオはもうないよ、と言って冷凍庫を指差した。ピスタチオのカップと格闘する祖母の向かいに座り、抹茶のカップを開け、硬い表面に挫けそうになりながら、表面を削ってその削りカスを少し口に運ぶ。祖母の後ろ、ソファ・スペースを挟んだ奥にある谷川に面した窓はすっかり暗く、他の一階の窓は帰った時に外から雨戸を閉めてしまった。黒に近い茶のダイニング・テーブルは、天井からぶら下がった和紙のぼんぼりがついたライトで照らされて、カップの下についた水滴が光っている。

駅の近くのコンサート・ホールで知り合いのピアニストの演奏を聞いていたという祖母とは、ホールから海の方に少し歩いた南仏料理のレストランで待ち合わせていた。終戦の前年に生まれた祖母の誕生日は、私が店を予約して、祖母と、コンサートから同伴していたらしい能楽師と三人で祝うことになっていた。レストランに入るとちょうどついたばかりだった二人が店のマダムとハグを交わしていた。顔の大きい能楽師がこちらに気づき、舞台で挨拶するように堂々とお辞儀をし、花束を持ったままだった祖母ははしゃいで私にまでハグをした。顔が中心に寄ったような南仏生まれの料理人と日本生まれのマダムが五年前に開いた小さな店は、私と祖母の気に入りで、今まで祖母の誕生日は何度もここで祝った。料理はいつも通り、たくさんの種類から選べるのに、それぞれが勝手な注文をしても必ず三人分が同時に運ばれてきた。能楽師は生まれた時から能楽師であっただろうと思わせる品格と、穏やかさと、祖母の手が身体に触れた時に確かに溢れる好色漢らしさを兼ね備えて、祖母のことをあからさまに愛しいと思っている男だった。私に向けられる露骨な親切も、祖母の気を引く努力のようでいじらしく、祖母は祖母でこの男のそのような努力に満更でもない顔をずっとしていた。

お能の先生かわいかったね、と言うと、スプーンを咥えた祖母が口の両端を上げ、再び口の中で温めたスプーンで、アイス・クリームに開けた穴を少しずつ掘り広げながら、あの人、自分のお母さんの納骨の日に、奥さんも亡くしたんだよ、と言った。心の葛藤が少ない坊ちゃんのように見えた男の不運な過去に、私は思わず、腹からええという声を出した。

お手伝いさんが用意しておいてくれたお墓の花がさ、和花ばっかりで、母さんは洋花も好きだったから足したいなあってさ、言ったんだってあの人が。で、石屋が作業してる間に、お寺のすぐ向かいの花屋さんまで走って行こうとして、信号でUターンしてきたスポーツカーに思いっきり撥ねられて、親族みんなが見てる前でさ、空高く飛んだらしいよ、ガードレールの上に落下するまで、何秒間も宙に浮いて見えたって。

私も祖母も、レストランから帰ったままの格好をしている。仕事帰りだった私は仕方なく薄手の長いスカートに少し光沢のある灰色のタンクトップという姿だが、祖母は漆黒の生地に、造花をそのまま貼り付けたように立体的な草花が手縫いで留められたワンピースを着て、真珠が幾重にも重なる大きなネックレスをしている。母と違って外に行く時は丹念に化粧するのは、舞台で歌っていた習慣によるものだろうか。母に比べてずっと現実味のない祖母と私は仲良しだったが、どこか今ここにある社会と切り離された夢のようなところにいると思っていた。歌の先生らしい普通より少し響くような発声が、余計に舞台装置の中にいるように感じられた。ここ二週間、駐車場ではなく玄関から仕事に行くようになり、道から振り返ると見える、朝のこの家の佇まいを気にするようになった。それから祖母に言われて、家にいる時には必ず窓の色を確かめるようになった。そうしているうちに、祖母の輪郭がはっきり見えるようになってきた。倫理の際にあるような職場でしか現実味のある音として耳に届かなかった他者の声が、どうしてかはっきり耳に届く。

「おばあちゃんも、悲しいお別れをしているんだもんね」

私はようやく押せばぐっと奥まで刺さるくらいに溶けた草色のアイス・クリームをスプーンに山盛りのせて、口に入れる寸前にそう言った。右の奥歯に冷たい抹茶の欠片があたり、傷に消毒液を垂らすように染みた。祖父は祖母と行ったスペインの教会の、階段を登り切った屋上で心不全で倒れたと聞いた。

「十も歳上のおじいさんを、私が見送るのはものすごく道理に反したことじゃないと思ったわよ。だからなんて言えばいいのかな、あなたもおばあさんになったらわかるけどさ、死とか別れってそのものが人を傷つけたりはしないんだよ」

祖母は真珠のネックレスが重かったのか、一度スプーンをカップの蓋の上に置き、両手を後ろに回して外す金具を手探りで引っ張っているようだったので、私は祖母の後ろに回り、ネジを回して外す複雑な金具を取り外した。毎日庭にいる祖母の首は赤く日に焼けて、それを毎年繰り返すからいくつか目立つ染みもある。私は染みの二つを親指で抑えるような形で手を置き、なんとなく祖母の肩を揉んだ。子供の頃、祖母の家に遊びに行くと、当時の小学生の仕来りに従い、肩たたきをして百円のお小遣いをねだろうと祖父や祖母につきまとっていた。祖父はいつもありがとうと言って百円くれたが、祖母は私は若いから肩なんて凝ってないもんと言って、世のおばあさんに求められる振る舞いを拒否した。その代わり川の土手まで行って一緒に歌い、夏休みには暗号を解きながら家の中をぐるぐると回って最後に宝物がもらえるゲームを考案して、私や母の兄の子供たちを喜ばせた。

「傷つくっていうんじゃなくても、悲しいでしょう」

女優たちの顔や首をマッサージするのには慣れていて、凝りやすい者もいれば左右のバランスが明らかに悪い者もいるが、祖母の肩は硬く、弾力があって、もうすぐ七十代後半に差し掛かろうとしていることはにわかに信じられないほど左右のずれがない。それでもそれなりに凝りのある肩を揉み続けた。和紙のぼんぼりは低い位置にあるので目の前に立つと、その靄《もや》のかかったようなぼんやりとした光の中でいくらか視力を奪われる。

「だから、帰りの飛行機の中で窓際に座って空からスペイン見てさ、今までじいさんが絶対窓際がいいって言うから窓際に乗ったことなかったけどこれからは乗れるのかって思ったり、空港着くと寿司食べたいって言うかラーメン食べたいって言うかだったんだけど、毎回それ聞くと私も食べたくなって空港の中探して食べたな、とか、でも言われないと意外と自分が何食べたいかってわかんなかったり、あなたの成人式はママと同じで振袖嫌がってスーツ着るんじゃないかって私は言ったけどじいさんはあの子は意外と着物着るんじゃないかって言っていたのをあなたの二十歳の誕生日に思い出したり、そういう時は寂しいよ。でもそれは死が嫌なんじゃなくて残された人の日常の問題じゃない」

ハタチになる年、すでに今の仕事を始めていた私は、成人式には結局行けなかった。地元の中高に進まなかった私には、それほど会いたい人も集いたいグループもなかった。ただ、自分の成人式の数年後、地元の成人式の時に、合同の着付け会場になる場所で化粧と髪結の手伝いならしたことがある。うちの近くの塚に祀られた皇族が、殺される直前に幽閉されていた神社の、バス停を挟んで向かいにある喫茶店の娘が一つ歳上の美容師で、たまたま神社のバス停で久しぶりに会った時に頼まれたのだ。意外だなあ同じ美容の仕事しているとはね、と彼女は言った。小さい頃、あのお家に遊びに行くの緊張したもん、高そうな絵とかあって本がいっぱいあって。うちの父さんなんて、格闘技しか見ないもの。

そう言われて思い出せば、祖母に比べて大したご近所付き合いなんてしない母と二人で暮らしていた頃のこの鬱蒼とした家にも、結構な数の友人が遊びに来ていた時代があった。私がいない日は今でも祖母が近所の人を招いたり、遠くから友人がやってきたりしている形跡はある。祖母が一階の洗面所を簡素に整えているのは、客人が使うからなのかもしれないと、最近そう思う。美容師の友人とは成人式の日の午前中に目紛《めまぐる》しく化粧や髪結をして、また来年も付き合ってよ、と言われたが、結局仕事の都合がつかずにそれきり会ってもいない。ただ、その時彼女はいつでもお茶でもしようよなんて言っていたし、先週少し時間が遅めの仕事に向かうためにバスを待っていると彼女のお父さんが看板を外に出すのを見かけたので、今度喫茶店に入ってみようかと思ったのだった。

「不幸とか悪とか、大体そういうものよ。そう言われるものの核が人を傷つけたり殺したりしないのよ。ママが若い頃、マリファナはタバコより全然身体に悪影響はないんだとかさ、そう力説してくるんだけど、私だってそれくらい知ってるよーって言ってさ。それ自体が人を傷つけるわけないし、私だってマリファナなんてちっとも悪いことだと思わないけど、問題は核じゃなくて付随してくるものの方で、でも偉い人にとってはさ、核を排除するのが一番楽なわけ。死ぬことは見えないようにして、悪いものは排除して。排除されるからなおさら悪いものとか悲しいものが付着して。利口な人は神様がだめって言ったからって納得したふり。死ぬのなんて全然汚いものじゃないのに、新聞も死体の写真載せないしさ。死が悲しいなら、生き物全部、悲しい存在じゃないねえ」

母は今も外国では時折大麻を吸って喜んでいるだろうと思ったが、私はそれは言わずに、祖母の弾力のある肩を揉んだ。あんたもママも利口じゃないからねえと祖母は首を右に傾けながら語尾を伸ばす。力を入れて肩を揉むたびに、服の前後左右に張り巡らされた立体的な草花が紙のぼんぼりの下で揺れていた。ぼんぼりの柔らかい光が作る私と祖母の影は、境界線のはっきりしない、ぼんやりとした形をしている。人間全部、ではなく、生き物全部、というのが祖母らしいと思ったが、人間以外の生き物は自分が死ぬことは知らないかもしれないとも思った。

「前の夜にさ」

祖母は大きなあくびをした後に言った。

「ムール貝には白ワインでしょうって言って、赤ワイン飲みたがるおじいちゃん説得して白ワイン開けたのよね。赤ワインって心臓にいいんだよなあ」

首に近いところを揉むと服はさらに引っ張られ、草花は縦に動き出す。花は濃いピンクと薄い紫と白で、茎と葉はグリーンだが、グリーンもまた所々に茶が混ざったり黄が混ざったりして実際は花より色味が複雑にできている。窓から小さな音がして、久しぶりに少し雨が降っているようだった。私はついに肩揉みを止めて、長椅子の横に開け放しておいたままだったスーツケースから美術館でもらったチラシを二枚出し、今月の最後の週に始まるから行こうよ、と言って祖母の前に出した。鉄道駅舎を改修した美術館の主催で、ナビ・ジャポナールと呼ばれた十九世紀末の画家の名前が大きく出ている。いいねいいね、あ、十月の上野も忘れないでね、と言った祖母は、席に座り直した私の前でアイスのカップを傾けて、底に残った最後のひと掬いまでしっかり口に運んだ。祖母の温かさは、何かを押し付けないことだと思い込んできた。答えをくれない厳しさがその温もりを生み出しているのだと思っていた。私ははたして祖母に何かの答えを本気で求めたことがあったのかと自問するのは怖いことだった。

騒音から遮断された家の中は私と祖母が立てる僅かな音だけで成立しているが、扉を開けたところで、問わばや遠き世々の跡と歌われるこの辺りの夜は静かで、昼間に観光で訪れる人々が立てた音はすっかり彼らに持ち帰られている。住む者だけがひっそり負うべき重みは光についてもそうで、駅から遠ざかるほどに灯りは疎《まばら》で、この家の辺りまで来れば車のライトで照らさない限り、道の先などが見えることはない。灯りが途絶えない都会や、日付を超えて精液に塗れる撮影現場と違い、強制的に昼が終わるこの暗い山中では、頑丈な煉瓦タイルがそれほど意味をなさないような気もするのだった。

白の上に黒の線がいくつも入り、ところどころ滲んでいる。濡れた箇所には余計に黒髪が張り付いて、目の上の赤みのある化粧と口紅は擦れて伸び、睫毛にそって瞳を黒く囲んだ化粧は耐水性のあるインクを使ったはずが多量の水を含んでついに流れ、それ自体が髪の毛とは別個の太い線を引いている。鼻の下から顎にかけてついた精液は白粉と髪の先を含んで固まり、そこには涎や鼻水がいくらか足されていてもおかしくはない。

月末は少し仕事が続き、泊まる日も多かった。月が変わって最初の休みだった一昨日には祖母と出かけ、内部でも外部でもある外壁を持つ建物の中で日本美術かぶれだったフランス人の絵を見た。祖母の感想は、かぶれるならもっとかぶれたらいいのに、というものだった。車のディーラーに寄って三十分ほど試乗し、菜食主義の変わった中年女が一人で切り盛りする店で味気ないキッシュや塩気の足りない南瓜サラダを食べた。祖母が以前歌のレッスンをつけていた、歴史を辿れば爵位のある家の娘だというその中年女は、私に対しては無愛想だったが、帰りに葡萄をくれた。そして今、私の前に戻って来たのは床に落として踏みつけた葡萄のように濡れ汚れた、北国生まれで元焼き鳥屋の、肌の白い女優なのだった。

「カット、カットだよ、さっきみたいな時は、カット」

地下の広いスタジオの脇にある化粧部屋で、端に寄せた椅子に座り、先ほどまでカメラを向けられていた肌の黒い女優が言った。緊縛や鞭打ちに限らず、拒絶と苦痛の言葉のほとんどが男の射精を促すための装飾でしかないポルノ撮影において、トラブルを避けるために女優が覚えておくべき本来的な意味での拒絶のサインを繰り返し強調している。金髪に日焼け肌の彼女は今回の作品では精液を浴びる役どころではなく、ナース服の下に光沢のある黒のボンデージ衣装をつけて、黒肌に白衣を纏った男優とともに新人の女優を陵辱する。十年以上前、有名女優を次々にSM作品に出演させて人気を得たレーベルの作品で、過呼吸気味で戻ってきた白肌の女優にとっては二本目の仕事だ。

「やめてとか無理とかだと演技だと思って続けちゃうから、カメラを止めたい時はカットね」

日焼け女優の言葉を補足して、私は北国生まれの彼女をシャワーに誘導する。天井から吊るされたロープで両手を縛られ、男優の鞭と女優の愛撫に晒されているうち、左肩が脱臼しかけたようだった。中断のサインは教えられていたものの、痛みと興奮が先だったのか、彼女は肩を不自然に前後させながら、やめて、痛い、とだけ叫んでいた。監督は満足そうだったが、あまりに逼迫した悲鳴に、最後の方になって一度カットをかけていた。女が男の誘いを最初に受け入れる時にお決まりの、最低限の抵抗を含めれば、ポルノの八割は拒絶から始まる。喜びは苦痛を経て提供されると決まっている。

「生真面目な子って損するよ、私もだけど」

熱いシャワーで全身洗うように言ってから化粧台の前に戻ると、口紅を除いてほとんど化粧が乱れていない日焼けの女優がそう言った。軽く口をゆすいだだけですでにボンデージの上にバスローブを羽織っている。彼女を化粧台の前に座らせてほとんど崩れていない肌の表面を一応ブラシで撫でつけてみた。やはり崩れていないからか、ほとんど様子は変わらない。鼻の横に僅かな汗による乱れがあるのを見つけて指で擦ると、それもすぐに滑らかに直ったし、顔つきをより鋭く見せるために高い位置で縛った髪も直す必要がなさそうだった。

「男と付き合ったって、あれやめて、これやって、ってはっきり言わない優しい子って損したりするからね。察しろって思うけど」

私は直す必要のない髪の結び目にピンを一つだけ追加で挿してそう言った。

「面接で何したいか聞かれたって、何がしたいのかなんてわかんないじゃん。欲しいものないのに服買いに行って、言われるがままに似合わない服買わされるのと同じ」

「こんなの如何ですか、ってね」

「そうそう、私もいまだに試着してベラベラ喋られたら買っちゃうもん。デビューする時は、人前で放尿だってもちろんするつもりなかったもんね、今となってはセックスより楽って思っちゃう」

喋るのに忙しい口の動きの隙間を見て、紅鉛筆で唇の縁をとる。日焼け肌に似合うのは本来であればもっと白が混ざった薄い色の紅か、茶の割合が強いものだと感じながら、役どころを考えて真紅の鉛筆を使った。シャワーの音を気にしていたが、程よく水音が乱れるので、中で人が倒れたり泣いたりはしていないのだとわかる。ドアの代わりの衝立をずらして緊縛の得意な四十代の男優が入ってきた。男優の使用するシャワーは上の階にあるが、北国の女優の膣に詰めた海綿を絞って入れ替える役目が彼にはある。私は目でシャワーの方に行って良いと合図して、男優も目で承諾する。

「そりゃあね、人の気持ちなんて言葉にしたって伝わらないのに、言葉にしないで察しろっていうのは贅沢だとは思うよ。でもさ、人の気持ちなんて大体が、嫌よりのイエスか、賛成から気が変わってのノーじゃない？」

紅鉛筆が離れると唇は再び饒舌に動き出した。車を失った私は仕事のある時、女優らとともに集合場所から撮影現場まで、制作会社やカメラマンの車に同乗させてもらっている。私よりも早くビル前に来ていたこの日焼け肌の女優は、免許証を忘れたと言ってマネージャーと口論していたようだった。結局、何本も仕事をこなしてきた彼女は写真のない保険証での年齢確認で許されたが、再度撮影の同意書にサインをしながらも、まだ文句を言っていた。何回会ってると思ってんの、あいつら機械かよ、と女優は毒づいた。文句を言わずにハードな撮影内容をこなし、無駄な待ち時間を作らない彼女にしては意外のように思えたが、内と外の間に真っ直ぐ頑丈な線を引き、日本家屋の縁側を削ぎ落とすような乱暴さは、彼女の気に障るようだった。性器にかけられるモザイクが孕《はら》んでいた、どちらでもないという迷いが失われれば、彼女はここにいないのだ。

仕事を始めて三年目の頃にも、比較的親しかったプロダクションの男が逮捕されたことがあった。少し前まで有名女優のマネージャーを長く務めた人だったが、その女優の華々しい引退を見届けて、新人の発掘に勤しんでいた。彼が頭の良い子がいるんだよ、と自慢げに噂していた新人はデビュー作の撮影を無事に終えた後、しばらく事務所に寝泊まりしていたが、予定のない昼間に都心のファッション・ビルで補導された。偽造された身分証では十九歳でも、実際には十四歳で、改めて聞いた本名から察するに、南の方の島の出身だった。少し前に歓楽街の日焼けサロンから出てきたその男を見かけたが、元気そうに見えたので元気なのだと思う。小さな納得は塵のように積り、私は今も縁側にいる。

「そうだね、そもそもこの業界自体、法律的にはグレーゾーンだ。口少し開けて」

今度は紅筆にはっきりとした赤の紅をとって、鉛筆で引いた唇と肌の境界の内側を埋めていく。支配的な役柄の化粧では、面よりも線を強調する。頬に紅は乗せず、瞼の上もブレンドした色をぼかしはしない。それでも唇の内側に粘膜の境界線は存在せず、口の中とも外とも言える辺りで適当に紅をぼかしておくしかない。口を閉じれば、そのような曖昧さは見えはしないのだからいいのだろう。

化粧直しの完了の意味で、はい、と言うと、饒舌な唇は、まさにそれそれ、と再び忙しく動き出す。シャワー室で北国の女優の媚びたような笑い声が聞こえたので、涙も涎も精液も無事に流れ、海綿は血液をよく吸収し、脱臼もしていないのだと安心した。安心すると同時に小さな罪悪感が芽生えるのはいつものことだった。

「うち大学いた時、やりたい仕事とか夢とか特になかったな。別にそれって親とか大学とか関係なく。何してもいいって言われても別に何もなかったけど、何もしたくないってわけでもなかった」

次の撮影に向けたペニスバンドを装着しながら彼女はそんなことを言った。男優が濡れた手をタオルで拭きながら通り過ぎ、続いて薄い水色のバスローブを着た北国の女優は出てきた。熱いシャワーに頬が紅潮しているが、ベタベタと黒い線の走っていた肌は洗われて、元の白い肌の唇の小さい顔に戻っている。小幅で歩き、鏡の前まできた彼女は、激しく乱れた十数分前の自分の姿について何かコメントするわけでもなく、少しだけ気まずそうに下を見ている。下を見ているが、特に暗い顔をしているわけではない。顔がやや赤らんでいるせいか、単に恥ずかしがっているようにも見える。一本目の仕事に同行したわけではないが、今朝集合場所であるターミナル駅付近のビル前にやってきた彼女は、以前会った時のような薄い化粧はもうしていなかった。

「カット、だからね」

日焼け肌の女優が再び大袈裟に強調するので、北国の女優は鏡の前の椅子にちょこんと座ってから、少し笑って頷いた。乾いた状態で気の利いた濃いブラウンの髪は、洗いざらしでは漆黒のように見える。鏡の前の机上に置いた屑入れの中身を一度大きなゴミ箱に空けて、私は手を消毒して彼女の濡れ髪の分け目を整えた。ペニスバンドをつけた女優一人がイメージ場面を撮影し終える前に、つるんとすっぴんになった白い肌をさっさと塗らなければいけない。ただ、快楽の世界に迷い込んだ生真面目な女子大生という役柄の彼女に、私がやらなくてはならない工程は少ない。もともと肌もきめ細かく、血色が良い。髪に癖があるわけでもない。

濡れた髪を少しタオルで擦って水分を落とし、額の両脇をクリップ型のピンで止める。少し産毛の多い額にじんわりと汗が滲んで、その表面を素っ気無い天井の蛍光灯が照らしている。光沢を帯びた白は否応なく綺麗で、私は肌に指先をあてたい衝動に駆られた。奥のシャワー室から、一定の間隔で水滴がモルタルの床を打つ音が聞こえ、三人の口はしばし閉じていた。水滴音について、誰一人言及することはなかったが、私たち三人はその音を気にしていて、またお互いがその音に気を取られていることも知っている。

午前中の撮影は、北国の女優が水色の薄い模様が入ったシャツを着て白いスカートを穿き、スタジオの外の道で、地図を見ながら目当ての建物を探す場面から始まった。ストレスを抱えた女子大生が、教授の私立研究所に相談にやってくると、異常性欲者の教授とその助手である日焼け肌の女優が、サドマゾ的なロールプレイの真最中だった。女子大生は恐怖と戸惑いを覚えるが、後ろにある扉から逃げ出すことはしない。最初は抵抗していた主人公も、性の手解きを受けるうちに、自分の中にあるマゾヒズムを自覚し、快楽に溺れていく。最初に服を脱ぐ場面で、男優が主人公の膣に指をゆっくり挿入した直後、彼女に生理がきた。陳腐で退屈で、何度も何度も踏襲されてきた物語の中に、生身の身体が投入されることで無二の作品が生まれる。ポルノは女の現前性に強く依存する。

「今日言ってなかったけど、私、来週引退作撮るから、もう会わないから、多分。カットは覚えといてもらおうと思って」

テーブルの上に乱雑に置かれた菓子類の山から小分けの袋に入ったガミーベアを拾い、さっと開けて口に二、三粒放り込んでそう言った日焼け肌にペニスバンドの女優は、鏡の前から同時に振り返った私たちの反応を待つことなく、衝立をずらしてイメージ場面の撮影に向かって行った。オネガイシマース、と威勢の良い彼女の声が響き、助監督らがウースと応えて準備に入ったようなので、私は私で手早く保湿液を手に取って北国の女優の顔を包み込んだ。

ここでは、この世界から出ていく理由を聞くこともない。引退作を撮るような女優は大抵五分で全て喋り終わるような理由を持っているものだが、聞いたところでどうしようもないからだ。そういえば初夏に彼女に会った時、電話越しに恋人と揉めていた様子を思い出して、彼に頼み込まれたのかもしれないし、案外仲直り中に妊娠したのかもしれないとなんとなく予想した。白い肌の女優の顔は柔らかく、髪は助監督の用意した安物のシャンプーの匂いがする。ペニスバンドは痛い場合が多いから痛かったらカットね、と私も念を押す。肉体に刺激があってから、サインを思い出すまでの数秒間、彼女はきっと男が最も喜ぶ顔をするだろう。顔の火照《ほて》りがとれる前に髪をある程度乾かしておこうと思ってドライヤーの電源を入れた。

カプセルの中に入らずに、サウナのあるフロアの簡易な食事スペースで、一晩に十二件電話をかけた。最初は二本くらいの電話でことを済ますつもりだったのだが、始めてしまうと終わるまで止まらず、私にこのような大胆な勢いがあることは自分自身で意外でもあった。食事スペースとは言っても、到着した深夜二時にはすでに売店や食堂は閉まっていて、袋パンとカップ麺の自販機が一つずつ、ジュースの自販機が三台、アイスの自販機が一つだけ煌々と明かりを放っているだけだった。電話をかけ終わると二重線だらけになった手帳を閉じ、アイスの自販機の前に行ってしばし考えた後、ジュースの自販機で粒入りの葡萄ジュースを一つ買い、再び食事スペースの椅子に座る。カプセルで横になってもいいが、いまだ着替えてすらいない。

「私も本名はセイントが付くよ。聖なる子、でセイコ」

ペニスバンドで新人女優を犯し終えると、日焼け女優の出番は簡単なドラマ場面を残してもうほとんどなかった。私の念押しも虚しく、北国の女優は性器の激痛に耐えて一度もカットと口走ることなく再度全ての化粧を落とさなければ先の撮影に進めない顔になっていた。監督は終始上機嫌で彼女を褒め、助監督と男優も彼女を褒めた。男優のスケジュールを伝えられ、大急ぎで化粧を一から直し、白い肌に今度は日焼け女優のものと似たボンデージの衣装を着せて男優との長い場面の撮影に送り出して一息つくと、のんびりシャワーを浴びて休んでいた日焼けの彼女が、私のスーツケースに貼ってあるアルファベットを見て、名前にどんな漢字を当てるのか聞いてきた。

聖に月と書く私の名前をつけたのは家を建てたのと同じ父の叔母だった。母は響きは好きだけど漢字は微妙、と言って手紙や誕生日ケーキのプレートでは片仮名やアルファベットで表記することが多かった。祖母には昔はミッちゃんと呼ばれていたが、最近はあまり名を呼ばれなくなった。特別嫌いなわけでもないが、なんとなく昔から自分のものという気がしない。高校時代、試験のたびに張り出された名前を見ても、誰かにおめでとうと言われるまで、自分の名前が自分を指し示していると思えなかった。特に苗字から切り離されたギヴン・ネームは、それが漢字だろうが片仮名だろうが他人事のようで、無機質な名詞のようでもあった。名前を聞かれても苗字で名乗ることが多かったし、仕事現場でも常に苗字で呼ばれている。スーツケースに自分で貼ったアルファベットも、女優に指摘されるまではブランドロゴや模様のように思えていた。

「美しい月、かなと思ったけど。でも綺麗な名前。セイコよりはいいよ」

日焼け肌がまた自分の名前を言って笑った。古風でしょう、と彼女自身が言ったように、末尾に子のつく伝統的な名前は、いかにも現代風な女優名とは齟齬があり、また黒肌に派手な装いの姿にもどこか似つかわしくない気がしたが、彼女はもうすぐ、女優名で呼ばれることがなくなる。

「子宮頸がん」

私が化粧筆を洗い、彼女が電子タバコを吸うだけの、静かな数分の後、彼女は五秒もかけずに引退の理由を言った。他人の女性器に偽物のペニスを挿入することはできても、自分の女性器はもう使えないのだと言う。カメラが回ったようなので、私は水道を止めて余計な物音を立てないように気を使いながら、簡易なソファに座る彼女と向き合う形で、先ほどまで北国の女優が座っていた鏡台の前の椅子に跨《またが》るようにして後ろ向きに座った。

「引退なんて急だったから、彼氏と何かあったかなぁと思ったけど」

私がそういうと怪訝な顔をして電子タバコのフィルターを抜き取り、しばし考えるようなそぶりを見せてから、彼女はああと声を上げてから笑った。ところどころ布が薄くなり、コイルが見えているようなソファは彼女が動くたびに軋んだ音が鳴る。大袈裟に手振りをつけて笑うので、笑い声に軋む音が混ざっていた。

「そういえば前回会った時って、なんか不動産屋の男に文句つけられてたわ、思い出した思い出した。あんなの、確かあの日の夜に別れたよ」

そうだったんだね、と私は言った。それほど意外でもなかった。衝立の向こうの、一つ部屋を隔てた奥のスタジオで、男優が威嚇のためにバラ鞭を壁に叩きつける音がした。この撮影で、女優の身体を鞭で引き裂くような演出はほとんどない。でも今の北国の女優にとっては、バラ鞭で尻を叩かれるのと、膣に指を入れられるのとどちらがより具体的な痛みを齎《もたら》すのか、私にはわからない。苦痛と快楽を同時に望む女の声が、言葉が聞き取れない音量で時々聞こえる。倫理とその外をたゆたう彼女たちはそういう時、最も艶のある声を出す。

「なんかさぁ、レズのビデオって楽だなって思って一時期選びまくってたけど、レズってコンドームないのにマンコとマンコ擦り合わせたりするじゃん、ああいうの、よくなかったのかも」

カメラが回る部屋に届かない、静かな声で私たちは話していた。先ほど彼女が開けたガミーベアの袋からこぼれた熊型のグミキャンディーが一粒テーブルの上に落ちていて、彼女はそれを無視して別の袋菓子をいくつか手に取ってはテーブルに戻し、最終的にチョコレートが片側に嵌め込まれたクッキーの大袋を開け、一枚取り出して私に渡してくれた。自分用には二枚取り出す。

「あとは、休憩の時ふざけてマンコでタバコ吸ったりしてたから。調子乗ってそういうことばっかしてんのよくないよね。セイントな子なのに罰当たりなことばっかしてたからかもしれない。マンコの神様に見捨てられたんだよ」

クッキーを二枚連続でばりばり食べながら彼女は話していた。一度シャワーを浴びてバスローブに着替えているが、はだけたバスローブの下には下着をつけていて、陰毛が見えることはなかった。でも辞めるタイミングってよくわかんないから、とも言い、他の仕事したくないなあ、とも言った。私は、大学出てよかったかもよ、とあまり役に立たないことを口にして、クッキーを半分だけ齧り、しばらく休んだり実家帰るのもいいよね、とまた役に立たないことを言った。聖書では、取税人や遊女は先に神の国に入ることになっている、と言いたかったけど、普通より先に死ぬと言っているようにも聞こえる気がして言わなかった。シャワーの蛇口の締めが甘いのか、ずっと水滴音が続いている。

「引退作、自分で決めたわ。マンコが使えないのもあるけど、金蹴り。思いっきりタマ蹴っ飛ばして引退すんの、私っぽいでしょ」

私は残りのクッキーを頬張った状態で笑い、クッキーの欠片を吹き出しそうになって思わず口に手を当てた。鏡台の上にある水を飲もうと、上半身だけ後ろを振り返ると、手前に大量の化粧品が並んだ鏡には大きく自分の顔が映り、その後ろに日に焼けた肌に金髪の女優が小さく映った。長い間、女優の後ろから鏡を覗き込んできたので、いつもと逆の構図が物めずらしく、そのまま鏡に向かって水を飲んだ。鏡越し、自分の後ろに見える女優は今度は塩辛い菓子が欲しくなったのか、またテーブルの上を物色している。カラフルな菓子の袋が女優の手の先で振り分けられていく。

「ねえ、来週の金曜、仕事空いてないよね、メイクさん指名なんてしたことないけどさ、そんなことできるのアイドル女優だけだろうけど、引退作だったらさせてもらえるかな、もう決まってたらその人には悪いけどさ。私最後ミヅキさんにして欲しいな、ミヅキさんのメイク好き」

今まで苗字でしか呼ばれていなかった私は、二回も下の名前で呼ばれて、大丈夫だよ、と言った。ほんと？　と言う彼女に、スーツケースの上にある手帳を手に取り、スケジュールを確認するふりをして、もう一度大丈夫だよ、と言った。それ以外の返答が思いつかなかった。

何度も化粧を一からやり直すことになった撮影は、予想通り電車のない時刻に終わった。後半数時間はほとんど出番のなかった本名をセイコという女優は何も文句を言わず、実際何の文句もないように見えた。助監督が早朝から買い出しに行っても、誰にも手をつけられないことの多い菓子類は、深夜引き上げる頃には半分までに減っていた。コンクリートが打ち放しになった一番大きい部屋で、北国の女優は幾度も麻縄で縛られ、喉の奥に男優のペニスを突っ込まれ、私は時折カメラが止まるたびに、何か化粧や髪型を直す必要があるかどうか確認するためにその部屋に入っては特に何もせず、日焼け女優が菓子を摘む部屋に戻って座っていた。新人女優の髪は見るたびに乱れ、目尻の化粧は流れ落ち、口紅はそのほぼ全てが男優の股間に吸収されていたが、崩れるべくして崩れたに過ぎなかった。人手が足りないのか、彼女たちのプロダクションの人間は朝に少し顔を出した若い男が帰った後、赤ら顔の社長や女性マネージャー含めて誰も様子を見にくることはなかった。

全ての撮影が終わると女優たち二人は、それぞれ別個の表情を作って制作会社の助監督が運転する車に乗り込み、日焼け肌のセイコはじゃあねと大きく手を振り、北国の女優は窓の外からでもわかるように極端に頭を下げてお辞儀をして、早々に現場を後にした。スチール・カメラマンの好意で車に乗せてもらうことになった私は都心部までの道のりを、そのカメラマンの子供の受験事情を聞きながら、さして面白くない暗い景色が流れていくのを見て過ごした。郊外の下道はすでに空いていて、すれ違うのはタクシーと業者のトラックばかりだった。

カメラマンが気を使って集合場所とは別の、鉄道発祥の地と呼ばれる都心部の駅で降ろしてくれたので、何度も利用しているカプセル・ホテル付きのサウナには歩いてすぐ到着した。いくつかのカプセル・ホテルを経験した結果、このサウナのカプセルが最も独立性が高いと感じていた。不可侵なカプセルがびっしりと一つの大きな部屋に並んでいる。布団一枚敷けるだけのカプセルには透明な蓋がついていて、枕元に鍵付きの物入れがある。いくらか追加で金を払えばテレビと小さな机がついた、ひと回り大きなカプセルを占有することもできた。私はスーツケースをカプセルの外のロッカーに入れて、いつも一番小さなカプセルの中で好き放題の格好で眠った。カプセルの中に誰が入ろうと、何をしようと、周囲のカプセルはその影響を受けない。ただただ一つの大部屋の中に共存することだけが義務付けられる。

受付でカプセルを予約したものの、静まり返った大部屋に入るつもりはほとんどなかった。来週の金曜の予定は空いてはいなかった。都心から二時間以上離れた場所で、テレビにも出演する人気女優の写真撮影の現場が入っていた。その女優のビデオ撮影も来週の別の日に予定されていた。女優に指名されたわけではないが、長く世話になった大手メーカーのプロデューサーから、一月以上前に頼まれた仕事だった。前回雑誌撮影の場で会った時に、仕事を夕方に終わらせて、生牡蠣をご馳走してくれた、若者の好むブランドをいまだに身につけている中年だ。

サウナの食事スペースについてから、すぐに電話をかけて、特に理由も代役も言わずに仕事を断った。体調不良などで予定変更をしたことがないわけではないが、いつでも他の同業者に代わりを頼んでからキャンセルしていた。初めてそのような代案を出さずに断ったので、電話相手は最初は不思議そうに、途中からは怒りを露わに食い下がって、面倒なのでその相手が関わる他の仕事三つもついでに全て止めると言って強引に電話を切った。掛け直されたら出ないつもりだったが、向こうから電話がかかってくることはなかった。勢いづいて、手帳を見ながら入っている仕事の予定を一つずつ、電話をかけてキャンセルしていった。同じ担当者の仕事はいくつも同時に断ることができたが、それでも十件以上の電話をかけて、掃除の業者が前を通り、じっくり時間をかけてトイレを掃除して、再び前を通って階段のほうへ戻って行ってもまだ電話をかけ続けた。午前四時過ぎに、手帳は二重線だらけになって、来週金曜の仕事と、月末に祖母と上野にいく以外の予定は何もなくなっていた。

深夜とも早朝とも言える時間に差し掛かっても、電話に出ない関係者は一人もいなかった。少なくとも電話が留守番電話に切り替わるまで鳴らし、さらに二度目にかけ続ければ相手は電話に出た。再び新人の化粧を頼まれていた、不倫中のプロダクション社長も電話に出た。飲み屋にいるようだった。いまだそれぞれが日付と日付の狭間を漂っているようだった。

葡萄ジュースを飲み終えると、私はロッカーに入れたスーツケースを取り出し、その中の化粧道具を二、三出して、ロッカールームにある鏡の前で少し化粧を直した。流石に目の下がやや窪んでいるものの、思ったより崩れてはいない。暑さが和らいで、スーツケースを引っ張って歩いてもそれほど汗をかかない季節になっていた。ゆっくり歩けば始発が動き出す頃だし、始発に乗れば祖母が起きる時間には駅に着く。駅で何か買って朝ごはんを一緒に食べればいいと思った。まだほとんど人気のない廊下を歩いてエレベータに乗り、身体の表面と内部がずれるような感覚を味わってから受付階に寄って精算して外へ出た。

五時前の繁華街は所々に未だ夜の続きにいる人が、また所々にすでに朝を迎えた人がいて、前日とも翌日とも言えない空間だった。いつも客引きをしているマッサージ屋の女性がすでに労働意欲のない表情で太極拳の動きをしていて、コンビニの前に大きなトラックが止まり、電信柱の下にハクビシンが動いていた。夜の間に雨が降ったようで地面が濡れていたが、おかげで空気が少し澄んでいるように思えた。スーツケースが重く、捨ててしまおうかという考えが一瞬過ぎったが、来週の金曜には仕事が入っている。仕方なく引っこ抜けそうな腕で引っ張って歩いた。

電車に乗るようになってから、駅と駅、町と町が切断されているような感覚が消えた。私の住む家と、長く通った仕事のスタジオはいくつもの駅と駅を隔てているものの、車窓から見る限り、そのような隔たりはせいぜい川くらいのもので、川にしてもいくつもの橋が渡されている。全て連続していて、一つの町の始まりも終わりも曖昧なものでしかなかった。始発の下り列車は思惑通りガラガラで、スーツケースを詫びることなく、私はゆったりと二人分の座席を占領して、窓の外で滑らかに続いていく町を見ていた。気付けば次の駅、また気付けば別の行政区に吸い込まれていくのだった。

いつ眠りに落ちたのかよくわからないが、生まれて初めて電車で乗り過ごし、終点から三十分近く戻らなければいけなかった。上りの電車もまだ空いてはいたが、それなりに人の乗降はあり、私は邪魔にならないトイレの前にスーツケースを立てて、近くに立っていた。首周りがだるく、肩がこわばっていたが、しばらく車両の端に寄りかかっていると身体は目覚めて、降りるべき駅に着くと夜の続きはいつの間にか終わり、しっかりとした朝になっていた。十分起きている時間と思って家に電話をかける。雨が降ったのなら水やりもなく、庭に出ていることもないだろうと思ったが、電話は呼び出し音だけを虚しく跳ね返してきた。改札の近くでは、正当な方向に歩いてくる人々の邪魔になると思って、切符売り場と逆方向にずれて二度目をかけたが、やはり応答はない。

私は歩こうと思った道のりをバスに乗り、神社の境内の砂利の中をスーツケースをガタガタといわせながら歩いて、塚の前を通って家に帰った。下りのバスは空いていたが、終点で降りるとバス停には学生服の者が数人、背広姿の男や地味な装いの若い女性たちが並んでいた。私を降ろしたバスが神社から遠ざかっていくのを見ると、立っている乗客すらいるようだった。

濡れたせいかいつもより少し濃い色の塚の階段を見上げながら、その手前を左に折れて、急な坂に差し掛かると私の暮らす家の赤い煉瓦が見える。秋晴れの光に揺れる、まだ緑色の葉とは対照的に、少しもずれることなく規則正しい煉瓦タイルは、エクステリアとインテリアをはっきり区別し、木々と家とを対立させるように見える。私はスーツケースを持ったまましばし立って家を眺め、自分の空腹に気づいた。門を入り、一段高くなっている大理石の玄関先にスーツケースを乗せてから、家の周囲を歩いて雨戸を開けて回った。台所の前に立ち、祖母の部屋の雨戸を開け、庭の方に回って応接間の雨戸も開けた。

いくつかの雨戸の上には水が溜まっていて、私は衣服の袖ごと水に濡れたが、温暖な気候にむしろそれは心地よかった。あえて乱暴に雨戸を開き、今度は脳天から水を浴びた。濡れた前髪が土と鉄が混ざったような匂いになって額から鼻の横に張り付く。家を建てた婦人は建築家にできるだけ窓枠いっぱいに山の緑だけが距離感なく納まっていることを条件としたらしいのだった。祖母のデート中に改めて数えながら見て回った窓枠はおおむね緑で埋め尽くされるが、そこを猫が通り、緑は赤くなり、何よりギリギリまで角度をつけて斜めからみると、コンクリートや他所の家が色々と見えるのを私は知っている。

庭にも、台所や祖母の部屋にも人影がないので、不審に思って玄関扉を開けると、私が雨戸を開けたそれぞれの窓から、降り注ぐほどでもない光が滲み出て、しかしその光は外のものとも内のものとも言えない曖昧さによって、本棚に並ぶ紙の束も、それに寄りかかる奇妙な人形も、しっかりと暗闇から掬い上げている。

スーツケースを土間に置いたまま赤い絨毯に乗り、玄関扉の方を振り返って、二十年以上前に取り外した十字架の痕を見上げた。アーチ型の玄関扉は、分厚い曇りガラスの二十枚の台形型の窓によってその外周を囲まれている。そこから入ってくる、窓よりさらに曖昧な光が式台の大理石に当たって、フィルムのパーフォレーションのような模様を作っている。壁の痕以外にも多様な図形があることを、幼かった私は今よりずっとよく知っていた気がする。一階と二階の、玄関と部屋の、階段と平地の境目を繋ぐ赤い絨毯を一歩ずつ踏みしめながら、私は家の奥へ進んだ。

ダイニング・テーブルに腰を下ろすと机上のコーヒーカップが目に入り、それと同時に滅多に鳴ることのない固定電話が煩《うるさ》く鳴った。祖母かと思えば母からの国際電話だった。聞けば父のビザの関係で来月に一度帰ってくる予定が、知人の病状が悪いから早く会いたいという母と、英国で親しくなった東洋人のバンドライブにゲスト出演したい父の都合が決裂し、来週から母だけがしばらく日本で暮らすと言う。

「あら、仕事辞めるの？　この間の電話では、そんなこと言ってなかったじゃない」

レンタカーで空港に迎えに行こうか、という話の延長で来週以降の予定について話すと、母は意外、という声を出してから、まあそうでしょうねと得意げに、少し癪に障ることを言った。

「あと一回行くけど。金玉を蹴り上げるビデオの撮影に」

母は痛そうと言った後、少し間を置いて、何か嫌になることがあったのか、と無邪気な好奇心と無理のある母性でしつこく聞いてきた。ダイニング・テーブルの正面、長椅子などの向こうにある緑の前をシジュウカラが高速で横切る。谷川からは雨上がりにふさわしい景気の良い流水音が流れてきた。二重線だらけになった手帳の日付を思い浮かべ、曜日を思い出すと、祖母は海岸のゴミ拾いへ出掛けているのだと気づいた。ゴミ拾いとは名ばかりのその会合は、性欲と善意を両手に持った老人たちが、海岸を歩いて外で朝食をとる。

「いや、また気が向いたらいつでもやるよ」

ふうんと言っている母の電話を適当な挨拶だけで切って、私は空腹と眠気のどちらを優先するか、椅子に座ったまま考えていた。

カバー作品　Portrait of dazzle #153／松山しげき

装丁　大久保明子

初出　「文學界」2022年11月号

鈴木涼美（すずき・すずみ）
作家。1983年東京都生まれ。慶應義塾大学環境情報学部在学中にAVデビュー。その後はキャバクラなどに勤務しながら東京大学大学院社会情報学修士課程修了。修士論文は後に『AV女優」の社会学』として書籍化。日本経済新聞社記者を経てフリーの文筆業に。小説に『ギフテッド』。他の著書に『身体を売ったらサヨウナラ』『愛と子宮に花束を～夜のオネエサンの母娘論～』『可愛くってずるくっていじわるな妹になりたい』『ニッポンのおじさん』『JJとその時代』『娼婦の本棚』『往復書簡 限界から始まる』（上野千鶴子氏との共著）など。

グレイスレス

二〇二三年一月十四日　第一刷発行

著　者　鈴木涼美《すずきすずみ》
発行者　花田朋子
発行所　株式会社　文藝春秋
〒一〇二―八〇〇八
東京都千代田区紀尾井町三―二三
電話　〇三―三二六五―一二一一
印刷所　大日本印刷
製本所　加藤製本
DTP制作　ローヤル企画

ISBN978-4-16-391654-5

鈴木涼美の本

ギフテッド

母は死に場所を探して娘の部屋にやってきた。夜の街が生んだ才能・鈴木涼美の衝撃的デビュー小説。第１６７回芥川賞候補作。

文藝春秋刊